AF198192

Andy Lyebhart

Das Phönix-Herz

neu entflammte Leidenschaft

Verlag & Druck:
tredition GmbH, Halenreie 40-44, 22359 Hamburg

ISBN
Paperback 978-3-347-07400-2

Sehr geehrte Leserin, sehr geehrter Leser,

in Ihren Händen halten Sie mein Erstlingswerk.
Dafür möchte ich Ihnen mit diesen Worten meinen persönlichen Dank aussprechen.

Dieses Buch ist die Erfüllung eines tief in mir
verwurzelten Wunsches. Man könnte es wohl als
eine Art kleines Lebensziel bezeichnen, welches
zu erfüllen für mich selbst ein äußerst wichtiger
Punkt auf der To-Do-Liste meines Lebens war.

Falls mich jemand fragen würde, was denn
nun eigentlich der Beweggrund für das Erzählen
eben dieser Geschichte war, so könnte ich diesbe-
züglich verschiedenste Gründe anführen.

Doch stattdessen werde ich hier nun lediglich
den Hauptgrund nennen. Ich möchte mir einen
Lebenstraum damit erfüllen. Denn schon als Kind
war ich stets ein Freund des geschriebenen Wor-
tes. Ich weiß nicht mehr genau, wie viele Bücher
ich über die Jahre gelesen habe. Aber ich kann
immer noch die benennen, welche bei mir einen
bleibenden Eindruck hinterlassen haben.

Und selbstverständlich wünschte ich mir stets, wenigstens einmal ein von mir selber verfasstes Buch im Regal eines Buchhändlers zu sehen.

Wenn Sie nun diese Worte hier lesen, dann seien Sie sich dessen bewusst, dass Sie mir mit dem Erwerb dieses Buches einen meiner allergrößten Wünsche erfüllt haben.

Dafür danke ich Ihnen aus tiefstem Herzen.

Ich sollte vielleicht noch erwähnen dass ich, abgesehen von der regulären Schulbildung, keine weitere literarische Ausbildung erhalten habe. Auch wurde ich in keiner anderen Weise auf das Schreiben geschult. Und alles was ich in meinen Werken niederschreibe ist tatsächlich nur einem Geist entsprungen, der einfach Spaß am Lesen und Schreiben hat.

Doch nun genug der Einleitung.

Ich wünsche Ihnen viel Vergnügen bei der Lektüre, die im Folgenden auf sie wartet.

Andy Lyebhart
Weida, Thüringen, im Mai 2020

Prolog

Das monotone Summen der Leuchtstoffröhren an der Decke des Raumes hatte eine beruhigende Wirkung. Nur hin und wieder gab es ein leises Knacken in der gläsernen Hülle, riss das nur für Sekundenbruchteile auftretende Flackern die junge Frau aus ihrem Dämmerzustand.

Als die junge in Deutschland lebende Filipina aus der Wärme der morgendlichen Sommersonne in den Laden getreten war, war sie aufgeregt, ein wenig ängstlich gewesen. Dieses Gefühl hatte sie durch den Empfangsbereich begleitet, war auch während der Erwähnung ihres Termins nicht von ihr gewichen.

Als der Angestellte sie dann in einem der beiden Arbeitszimmer hatte Platz nehmen lassen, war das mulmige Gefühl sogar noch stärker geworden.

Zwar erfüllte sanfte, klassische Musik den kleinen Raum mit einer beruhigenden Atmosphäre, welche eigentlich eher zu einem Yoga-Studio als zu einem Tattoo-Studio gepasst hätte. Wahrscheinlich war es der Musikgeschmack des Betreibers. Doch ihre Nervosität blieb.

Inmitten des Raumes, direkt unter einer zusätzlichen, an einem beweglichen Metallarm befestigten Lampe, befand sich der Arbeitsbereich. Ein bequemer Stuhl mit variablen Positionseinstellungen stand im Zentrum.

In diesem Stuhl saß Jana nun und wartete.

Die exotische Herkunft der schlanken Frau war unverkennbar. Ihre Haut hatte einen zarten Karamellton, ihre schulterlangen Haare schimmerten in einem kräftigen, samtenen Schwarz. Wachsam blickten ihre dunklen Augen durch den Raum.

Irgendwie hatte sie sich den Laden ganz anders vorgestellt. Bei einem Tätowierstudio hätte die junge Frau mit philippinischen Wurzeln eher Hardrock oder Heavymetal erwartet, anstatt Entspannungsmusik. Und ausdrucksstarke Bilder mit den Werken der Tätowierer, vorzugsweise auf halbnackten Körpern.

Tatsächlich wurden die Wände von Aufnahmen und Zeichnungen der kunstvollen Arbeiten verziert, welche allerdings geschmackvoll und aufwendig arrangiert waren. Manche der Zeichnungen waren wahrscheinlich Einzelstücke, Skizzen welche die Künstler selber gefertigt hatten.

Der schwere Vorhang, der als Abtrennung zwischen Arbeitsraum und Empfangsbereich diente, raschelte. Der Angestellte vom Empfang, ein junger Mann mit blondem Bürstenschnitt und zu vielen Ohrringen, blickte hinein.

„Es dauert noch ein bisschen.", sagte er mit leicht näselnder Stimme. „Unsere Künstlerin ist noch beschäftigt. Wenn Sie was lesen möchten, bedienen Sie sich." Er deutete auf einen Stapel mit Magazinen, nickte freundlich lächelnd, und verschwand wieder.

Jana atmete tief durch, versuchte ihre Nervosität abzubauen.

Wie hatte es sie hierher verschlagen?

Ein verträumtes Lächeln umspielte Jana's sanft

geschwungene Lippen. Ein leichtes Funkeln in den Augen zeigte, dass sie sich nur allzu gut an den Grund erinnerte.

Johannes, seit sieben Jahren ihr Ehepartner, hatte es sich gewünscht.

„Einfach etwas, was mir gefallen könnte." Das waren seine Worte gewesen, nachdem sie ihn wegen dem Motiv gefragt hatte. Er hatte ein freches und zugleich erfreutes Grinsen gezeigt, als sie mit erröteten Wangen zugestimmt hatte.

Und nun saß sie hier. In einem Stuhl, im Arbeitszimmer eines ansässigen Tätowierers. Die Adresse hatte Jana im Internet gefunden, und die durchweg positiven und lobenden Bewertungen überflogen. Anschließend hatte sie in dem Studio angerufen und einen Gesprächstermin vereinbart.

Beim folgenden ersten Besuch hatten Jana und der Künstler die Segmente für das Motiv ausgewählt: ein Phönix, der vor einem flammenden Herzen aufsteigen würde. Das Symbol der neu entflammten Leidenschaft zwischen ihrem Mann und ihr.

Seit nunmehr neun Jahren waren Johannes und Jana ein Paar. Und seit vorletzter Woche waren sie sieben Jahre verheiratet. Nie hätte die junge Filipina erwartet, dass sich die Dinge mit der Zeit so entwickeln würden.

Der Vorhang raschelte durch einen Windzug. Eine kurze Unterhaltung und ein leises Klingeln verrieten, dass der Kunde wohl soeben den Laden verlassen hatte. Also war es nun soweit.

Ein Schaudern durchzog Jana's Körper.

Als Jugendliche hatte sie eine Zeitlang überlegt, sich tätowieren zu lassen. Zwar hatte ihre deutsche Mutter nichts dagegen gehabt. Doch eine Standpauke ihres philippinisch-stämmigen Vaters hatte sie schließlich vom Gegenteil überzeugt. Eigentlich war es weniger eine Standpauke gewesen, viel eher ein langwieriger Vortrag. Die Kernaussage ihres Vaters war, dass Stolz auf den eigenen Körper, dessen Reinheit und die Unnötigkeit künstlicher Verzierungen stets ein Teil der familiären Tradition gewesen waren.

Und dennoch saß Jana nun hier.

Zugegeben, seit sie mit achtzehneinhalb Jahren bei ihren Eltern ausgezogen war und mit Johannes zusammenlebte, hatte sie sich bereits über einige Regeln ihrer Eltern hinweggesetzt. Dennoch gab es immer noch einige familiäre Vorschriften, die sie bewahrte und inzwischen sogar an ihre beiden Kinder weitergegeben hatte. Und an sich gehörte die Unversehrtheit des eigenen Körpers dazu.

Und nun saß Jana hier, im Begriff auch diese Regel zu brechen.

Unsicher kaute sie auf ihrer Unterlippe.

So langsam wünschte die Achtundzwanzigjährige, Johannes' Bitte doch ausgeschlagen zu haben. Aber diesen Augenblick hatte sie verstreichen lassen.

Willentlich verstreichen lassen, um genau zu sein.

Ein Lächeln umspielte ihre Lippen, als sie an den entscheidenden Augenblick zurückdachte. Der Blick, mit dem Johannes sie angesehen hatte, als er den Wunsch äußerte, dass sie sich eine Tätowierung machen lassen sollte. Das verschlagene Lächeln, das Funkeln in seinen grünen Augen. All dies und noch mehr hatten zu ihrer Zusage geführt.

Jana seufzte und strich sich eine Strähne ihres vollen schwarzen Haares aus der Stirn. Ein weiteres Mal ließ sie ihre dunklen, fast schwarzen Augen durch den kleinen Raum wandern. Ihr Blick blieb an einem etwa zwei Meter hohen Spiegel hängen, der an der Wand hinter dem Stuhl stand.

Der aufwendig gearbeitete Rahmen zeigte die Gestalt eines Drachen, dessen Krallen den oberen Bereich des Spiegels festhielten, während der beschuppte Drachenschweif sich stützend um die untere Hälfte wand.

Vorsichtig stand Jana aus dem Stuhl auf. Sie wirkte zierlich. Die junge Frau war schlank und gerade einen Meter und zweiundsechzig groß. Allerdings war dies in ihrer Familie eine durchschnittliche Größe.

Immer wenn die Sprache auf ihre exotisch anmutende Erscheinung kam musste Jana den fragenden Personen erklären, dass sie Filipina ist. Ihr Vater stammte ursprünglich von den Philippinen, hatte dort auch ihre deutsche Mutter kennen und lieben gelernt. Schließlich hatte Jana's Vater dann entschieden einer philippinischen Tradition zu folgen und sein Glück in anderen Landen zu suchen. Seine Wahl war auf Deutschland gefallen, hauptsächlich wegen seiner Freundin, die dann später zur Mutter von drei Kindern werden sollte.

Durch das exotische Aussehen vermuteten die meisten Leute irrtümlich, dass Jana's Familie aus Vietnam oder Korea stammte. Doch dies war ein Trugschluss, den sie immer wieder aufzuklären versuchte. Zwar zählen diese Völker auch zum Großraum Asien, doch dieser Punkt war egal.

Was zählte, und worauf Jana sich auch immer mit Stolz berief war, dass sie eine Mischung aus einer deutschen Mutter und einem philippinischen Vater war, eine Halbfilipina eben. Jedoch hatte sich die junge Frau mit der Zeit entschieden das Vorwort Halb wegzulassen.

Jana war vor den Spiegel getreten, betrachtete sich in der reflektierenden Oberfläche des zum Hochglanz polierten Einrichtungsgegenstandes.

Der Körperkünstler hatte sie schon beim ersten Gesprächstermin gefragt, wo sie die Tätowierung haben wolle. Leider war dies einer der Punkte ihres Vorhabens, den die junge Frau bisher noch nicht richtig durchdacht hatte.

Zuerst hatte sie überlegt, dass es eine Stelle sein sollte, wo es nur Johannes sehen würde. Allerdings hatte Jana sich mittlerweile doch umentschieden. Wenn sie schon eine Tätowierung haben würde, wollte sie diese auch zeigen.

Sie trat zu dem Hocker, auf dem das Blatt mit ihrem ausgewählten Motiv lag. Das kräftig leuchtende Flammenrot des aufsteigenden Feuervogels wurde durch das etwas dunklere Rot des Herzens im Hintergrund noch hervorgehoben.

Warum sie gerade dieses Motiv ausgesucht, beziehungsweise zusammenstellen lassen hatte, war leicht zu erklären.

Zwar entstammte der Phönix grundsätzlich

nicht der typischen philippinischen Mythologie, aber dennoch galt er bekanntermaßen als Symbol für die Wiedergeburt, das erneut Entstehende.

Das Herz im Hintergrund stand in Flammen, war etwas dunkler als der im Vordergrund aufsteigende Feuervogel. Für Jana bedeutete das bekannte Zeichen für die Liebe eben genau das. Es stand für die fortwährende, ungebrochene Liebe zwischen ihr und ihrem Mann.

Und nachdem es Jana und ihr Mann Johannes gemeinsam geschafft hatten etwas wieder aufleben zu lassen das scheinbar verloren war, erschien es ihr einfach als die richtige Wahl. Zudem war der Phönix ein Wesen aus der Welt der Mythen. Und eine von Johannes' Interessen war die Mythologie.

Somit war auch dieser Aspekt seiner Bitte erfüllt. Es war etwas, das ihm gefiel.

Jana nahm das Blatt und betrachtete es eingehend. Von der Größe der Vorlage würde das Tattoo sich eventuell an ihrem Oberschenkel recht gut machen.

Als sie das Blatt mit dem Motiv an ihrem linken Oberschenkel platzierte, bemerkte sie, dass es an dieser Position tatsächlich schon sehr gut wirkte. Allerdings würde dies eine Änderung ihres Kleidungsstils notwendig machen.

Bisher hatte sie im Sommer meist knielange Leggings, manchmal auch Röcke getragen. Selbst Kleider hatte sie im Schrank. Diese jedoch zog die Filipina eher selten an. Der Gedanke an einen Minirock oder richtig kurze Shorts ließ die junge Frau sogar erröten.

„Sieht gut aus." Eine Frauenstimme kam plötzlich aus Richtung des Vorhangs.

Jana war so überrascht, dass ihr das Blatt vom Oberschenkel glitt. Rasch hob sie es auf, legte es wieder auf den Hocker.

Die junge Frau trat freundlich lächelnd näher.

„Keine Sorge.", sagte sie. „Ist wohl dein erstes Mal?"

Jana sah sie ein wenig unsicher an.

Die Frau war knapp einen Kopf größer als Jana, und den Tätowierungen nach schien sie hier zu arbeiten.

Ihr neckischer Kurzhaarschnitt mit den an den Seiten einrasierten dünnen Blitzen, betonte ihr hübsches Gesicht. Ihren schlanken Hals verzierte ein eintätowiertes umlaufendes Ringmotiv, welches eine Schlange zeigte, die sich selber in den Schwanz zu beißen schien. Es schien als wäre beinahe jede sichtbare Stelle ihres jugendlichen Körpers mit kunstvollen Motiven geschmückt.

„Bist du die Künstlerin?", brachte Jana stotternd hervor. Ihr Gesprächspartner bei der Vorbesprechung hatte erwähnt, dass die Arbeit von einer Kollegin übernommen werden würde. Ein Umstand den Jana positiv zur Kenntnis genommen hatte.

Die Tätowiererin lachte amüsiert.

„Künstlerin haben mich noch nicht viele genannt." Sie hatte ein bezauberndes Lachen. „Ich bin Jaqueline. Du darfst Jackie zu mir sagen." Sie reichte der Filipina die Hand und musterte die kleinere Frau eingehend. „Und du bist Jana?"

Sie nickte und erwiderte den Handschlag.

Jackie deutete einladend auf den Stuhl, und Jana nahm wieder darauf Platz. An ihren Bewegungen erkannte die geschulte Körperkünstlerin, dass ihre Kundin offensichtlich sehr angespannt zu sein schien.

Deshalb fragte sie: „Ist alles okay? Du bist doch aus freiem Willen hier, oder?"

Eine Klage wegen Nichtbeachtung der gesetzlichen Vorschriften wollte Jackie nicht riskieren.

„Ja, alles okay.", sagte Jana. „Es ist nur, weil es doch meine erste Tätowierung ist."

„Aber du willst es." Jackie hakte nach.

Jana atmete tief durch.

„Mein Mann möchte es.", gab sie zu.

Nun wurde Jackie hellhörig. Ein befreundeter Kollege hatte vor einiger Zeit mal einen ähnlichen Fall gehabt. Ein männlicher Kunde hatte ihm nach Abschluss der Arbeit gestanden, von einer dritten Person zu der Tätowierung gezwungen worden zu sein. Gegen seinen Willen, was schlussendlich zu einer Klage wegen Körperverletzung geführt hatte. Deshalb fragte sie sich, ob diese Frau wohl von ihrem Mann dazu gezwungen wurde.

Aber bevor sie ihre Gedanken aussprechen konnte, erklärte Jana, dass die Tätowierung eine Art Geschenk werden würde. Der verträumte Gesichtsausdruck der kleineren Frau war mit einer Art Scham vermischt.

„Ein Geschenk? Klingt interessant." Jackie nahm das Vorlageblatt und betrachtete das Motiv. Für eine erste Tätowierung war es eine ausgezeichnete Wahl.

„Wohin?"

Jana klopfte sich zaghaft an die Außenseite ihres linken Oberschenkels. Sie spürte wie ihre Wangen erröteten.

Jackie lächelte wieder, und sagte: „Da wirst du deine Hose ausziehen müssen, Jana."

Die am wolkenfreien Himmel aufsteigende Sommersonne hatte die Luft draußen inzwischen dermaßen erwärmt, dass es sogar im Innenbereich von Gebäuden unangenehm warm wurde. Deshalb hatte Jackie's Kollege die Klimaanlage im Studio eingeschaltet. Dadurch war es drinnen nun wieder kühler als draußen, und ein frischer Luftstrom durchzog den Arbeitsraum.

Jana zitterte. Jedoch kam ihr Zittern nicht durch die leise summende Klimaanlage, sondern durch ihre nur sehr langsam weichende Nervosität.

Mit geschlossenen Augen lag sie in dem bequemen Stuhl, den Jackie in diese Position eingestellt hatte. Sie wartete.

Die Tätowiererin war noch mit dem Arrangement der benötigten Arbeitsmittel beschäftigt. Sie hatte verschiedene Farben herbei geräumt, und Tücher bereit gelegt. Und soeben hatte sie eine Dosis des sehr kühlen Desinfektionsmittels auf Jana's Oberschenkel gesprüht.

Das Spray hatte Jana's Zittern noch ein wenig verstärkt.

„Ganz ruhig.", sagte Jackie verständnisvoll. „Aber ich verstehe dich. Mein erstes Mal war ähnlich."

Jana öffnete die Augen und sah Jackie's Lächeln. Die Filipina ließ Ihre Augen über den Körper der Tätowiererin wandern.

„Welches Motiv war dein Erstes?" fragte Jana unvermittelt. Sie war selber über ihre Frage überrascht.

„Eine Lotosblume.", sagte Jackie verschmitzt und blickte auf den Oberschenkel der jungen Frau. „An einer ganz anderen Stelle." Ein Zwinkern folgte den Worten.

Jana stutzte, dann wurden ihre Wangen wieder rot.

Jackie lachte und sagte, dass es ihr nicht peinlich sei. Sie zuckte die Schultern.

„Wenn du magst", bot sie an. „kannst du es nachher gerne mal ansehen."

Diese Worte verblüfften Jana, ebenso wie das Angebot überhaupt. Jedoch war ihre Reaktion noch überraschender.

„Gern." Es platzte einfach heraus. Und sofort spürte Jana wieder das Blut in ihre Wangen schießen. Sie hob beide Hände vor ihr Gesicht.

Jackie's Lachen wirkte jedoch ungemein befrei-
end.

Jana blickte durch ihre gespreizten Finger, hatte ebenfalls ein Lächeln im Gesicht.

„Du bist zu lustig, Jana." Jackie wischte die ein
weiteres Mal besprühte Region an Jana's Oberschenkel mit einem sterilen Tuch ab.

„Was?", fragte Jana durch ihre Hände.

„Naja.", sagte Jackie. „Die ganze Sache scheint
dir peinlich zu sein. Aber trotzdem bist du offensichtlich interessiert."

Die junge Filipina erkannte, was die Tätowiererin meinte. Sie musste sich sogar eingestehen,
dass die Frau damit recht hatte.

Wenngleich die Situation für Jana ungewohnt
und auch irgendwie peinlich war, die Tätowierung, das Gespräch über Jackie's Tattoo, und die
Tatsache dass sie hier ohne Hose lag. Gleichzeitig
war es für die junge Filipina auch aufregend. Und
alles hatte mit einem Spiel begonnen.

„Alles nur wegen dem Spiel.", murmelte Jana
vor sich hin. Erschrocken bemerkte sie Jackie's

fragenden Blick. Sie erkannte, dass ihre Worte wohl doch hörbar gewesen waren, und schlug sich die Hand vor den Mund.

„Ein Spiel?" Neugier schwang in Jackie's Stimme mit.

Als die Filipina schwieg, grinste die andere Frau. Offensichtlich hatte da jemand ein Geheimnis. Das Interesse der Tätowiererin war zwar geweckt, aber das würde erst einmal warten müssen.

Sie griff zur Tätowiermaschine und sagte: „Also, Jana, ich fange dann mal an. Falls es zu viel wird, sag es einfach. Dann legen wir eine zusätzliche Pause ein."

Die Filipina hatte den Kopf zur rechten Seite gedreht. Immer noch glühten ihre Wangen, was ihrem zarten Gesicht eine geradezu anziehende Wirkung gab. Ihre Augen glänzten.

„Ist alles okay?", fragte Jackie, die den Ausdruck in Jana's Gesicht bemerkt hatte.

Das schweigende Nicken der jungen Frau beruhigte sie, und sie aktivierte die Maschine. Leise summend erwachte das Gerät zum Leben.

Als die Nadel sich zum ersten Mal in ihr Fleisch bohrte, das Gewebe aufriss und die Farbe hineinschoss, zuckte die Filipina zusammen. Ein leises Wimmern entfuhr ihren Lippen. Sie hatte mit dem Schmerz zwar gerechnet, aber Erwartungen sind bekanntlich nicht immer mit der Realität vereinbar.

„Alles in Ordnung?", fragte Jackie wieder.

„Geht schon.", presste Jana hervor.

Mit einem Lächeln vollführte die Tätowiererin kunstfertig ihre Arbeit. Sie zog die ersten Linien für die Form des aufsteigenden Feuervogels.

Nach einer Weile schweigsamer Arbeit fragte Jackie: „Wieso eigentlich ein Phönix vor einem Herzen?"

Jana drehte ihr den Kopf zu. Inzwischen hatte sie sich fast an die Schmerzen gewöhnt, so dass sie etwas entspannter war.

„Hat dein Kollege das nicht weiter mit dir besprochen?"

Jackie schüttelte entschuldigend den Kopf.

Wieder legte sich das verträumte Lächeln auf Jana's Gesicht. Der Anblick erfreute Jackie, die kurz die Tätowiermaschine ruhen ließ. Mit einem Tuch tupfte sie das aus den Linien heraustretende Blut ab.

Mit einem verträumten Blick erzählte die junge Filipina von ihrem Mann, und seinem Wunsch nach einer Tätowierung, die ihm gefallen würde. Sie berichtete von seinem Interesse an der Mythologie, und erklärte das Herz im Hintergrund als Symbol der gegenseitigen Liebe.

Jackie nickte verstehend.

Es kam oft vor, dass Partner sich Tattoos stechen ließen, welche gemeinsame Interessen als Hintergrund hatten. Und die Liebe war bei vielen ein immens wichtiger Grund, zumal Tätowierungen ja nicht schlecht werden konnten. Eventuell wurden sie störend, wenn die Zeit unbarmherzig die Gründe verblassen ließ. Manchmal wurden sie einfach nur alt, und blichen aus.

Aber schlecht wurden sie nie.

„Wie viele Tattoos hast du eigentlich, Jackie?",

fragte Jana, als die Tätowiererin das beblutete Tuch in einen neben ihr stehenden Eimer fallen ließ.

Diese blickte auf, schob die Unterlippe vor und überlegte.

„Irgendwas zwischen fünfunddreißig und vierzig, glaube ich." Sie fing wieder an weiterzuarbeiten. „Allerdings gehen die meisten in andere Motive über, also kann ich es gar nicht mehr so genau sagen." Sie schmunzelte wieder. „Aber angefangen hat es nur mit einer Blume."

Auch Jana lächelte bei diesen Worten. Sie hatte bemerkt, dass Jackie kurz zu ihr geschaut hatte. Ganz kurz nur, dann hatte sie sich wieder auf die Maschine und Jana's Bein konzentriert.

Irgendwie hatte die Filipina sehr schnell Vertrauen zu der Tätowiererin gefasst. Vermutlich lag das an Jackie's Ausstrahlung, dem freundlichen Auftreten.

Wahrscheinlich konnte sich ein Körperkünstler, dem die Leute nicht vertrauten, nicht allzu lange in seinem Beruf halten.

„Und was ist das nun für ein Spiel gewesen?"

Jana zuckte zusammen. Die Frage kam sehr plötzlich.

Sie überlegte. Wollte sie dieser Frau, die mit einer Tätowiermaschine ihren Oberschenkel verzierte, ihre Geschichte anvertrauen?

Zugegeben, Jackie war sehr sympathisch, aber dennoch auch eine Fremde. Eine Fremde, die ihr angeboten hatte, ihr eine Tätowierung zu zeigen welche „an einer ganz anderen Stelle" war, als dem Oberschenkel.

Wieder spürte Jana das Blut in ihr Gesicht aufsteigen.

„Also gut.", begann sie. „Aber es könnte schwierig werden alles zu verstehen, ohne dass du weißt, wie es begann mit Johannes und mir."

Wieder zeigte die Tätowiererin ihr gewinnendes Lächeln.

„Dann fang doch mit dem Anfang an.", sagte sie. „Die Arbeit wird ohnehin dauern, also haben wir Zeit."

Die Filipina nickte.

Und während Jana begann, Jackie ihre Geschichte zu erzählen, und wie ein Wunsch ihres Mannes sie schließlich hierher in dieses Tattoo-Studio gebracht hatte, nahm an ihrem Oberschenkel das Phönix-Herz langsam Gestalt an.

Kapitel I

Jackie legte die Tätowiermaschine beiseite und erhob sich. Sie streckte ihren wohlgeformten Oberkörper durch, lockerte die durch das gebeugte Sitzen leicht schmerzenden Rückenmuskeln.

„Wir machen erstmal eine Pause, Jana.", sagte sie und half der Filipina beim Aufstehen. „Du brauchst auch ein bisschen Bewegung."

Jana nickte.

Nachdem sie nun knapp eineinhalb Stunden gelegen hatte, tat es gut, ein paar Schritte zu laufen. Ihr Oberschenkel pochte und brannte.

Jackie war mittlerweile ordentlich vorangekommen. Die Umrandung des Phönix war abgeschlossen, und mit dem Herzen im Hintergrund hatte sie ebenfalls schon begonnen. Die Feinheiten und Details würden jedoch noch einiges an Zeit in Anspruch nehmen. Auch die Farbe fehlte noch.

Jackie ging zu einem kleinen Tisch bei einem

Fenster, wo ein Aschenbecher stand. Sie zog eine Zigarette aus der daneben liegenden Schachtel und steckte sie sich zwischen die Lippen.

„Willst du auch eine?" Sie hielt Jana die Schachtel entgegen.

Die Filipina nickte, nahm jedoch erst einen langen Schluck aus der Wasserflasche, die der jüngere blonde Mitarbeiter ihr vor einer Weile gebracht hatte.

Mit langsamen Schritten, das linke Bein nur wenig belastend ging sie ebenfalls zu dem Tisch. Vorsichtig setzte sie sich auf einen der beiden hohen Hocker, ließ ihre Beine baumeln.

Ein paar Minuten saßen die beiden Frauen schweigend an dem kleinen Tisch.

„Johannes und du, ihr kennt euch also seit dem Studium?", brachte Jackie das Thema auf Jana's Geschichte zurück. Sie zog an ihrer Zigarette, blies dann ein paar Rauchringe aus.

„Ja." Jana lächelte. „Das ist jetzt etwas über neun Jahre her. Johannes stand damals kurz vor dem Abschluss seines Studiums. Ich hatte gerade erst angefangen."

Jana drückte die Zigarette im Aschenbecher aus, nahm einen weiteren Schluck aus der Wasserflasche.

„Ich war hin und weg, sobald ich Jo das erste Mal gesehen hatte. Er ist groß und stattlich, knapp eineinhalb Köpfe größer als ich." Bei diesen Worten hob sie eine Hand auf die entsprechende Höhe.

Jackie lächelte, zündete sich noch eine Zigarette an.

„Liebe auf den ersten Blick also?"

Die Filipina nickte.

„Meine Freundinnen haben auch gleich gesagt, dass wir definitiv heiraten würden, irgendwann." Jana ließ sich von dem Hocker gleiten und machte ein paar langsame Schritte. Ihr linkes Bein kribbelte plötzlich, als wäre es eingeschlafen. „Anfangs war mir dieses Gerede so peinlich. Vor allem, wenn Jo dabei war. Aber er hat immer nur geschmunzelt, und mich angeschaut. Als würde er nur auf den richtigen Moment warten."

„Wann kam der?", fragte Jackie nach.

„Zu Weihnachten, knapp eineinhalb Jahre nach unserem ersten Treffen." Jana's Blick schien in die Ferne zu schweifen. Sie stand neben dem Hocker, ließ ihre Finger über den Sitz streichen.

Ein seliges Lächeln hatte sich auf das zarte Gesicht der Filipina gelegt, als ihre Erinnerungen sie zu dem Weihnachtsfest vor etwas über sieben Jahren zurückführten. Ein leicht kribbeliges Gefühl überzog Jana's Rücken, breitete sich von unten nach oben aus.

Sie schüttelte sich kurz, bevor sie von dem damaligen Geschehen erzählte.

„Johannes und ich waren damals wie jedes Jahr bei meinen Eltern. Nach dem Abendessen hatten wir uns beim Weihnachtsbaum zusammengesetzt. Der Fernseher lief, es war eine Sendung mit traditioneller Musik zum heiligen Abend."

Jackie nickte.

„Also ein normales familiäres Weihnachtsfest?", fragte sie.

Mit einem Lächeln bestätigte die Halbfilipina die Frage.

„Mein Vater bestand immer darauf wenigstens ein paar philippinische Lieder in unser Programm für den heiligen Abend und die Weihnachtstage mit aufzunehmen." Sie zuckte kurz, als sie ihr linkes Bein durchstreckte. „Das war Papa schon immer wichtig, dass er seine Wurzeln nicht verlor. Und auch meine Geschwister und ich sollten immer daran denken dass, obwohl wir in Deutschland geboren und aufgewachsen waren, wir auch philippinische Wurzeln haben."

„Gibt es auf den Inseln viele Weihnachtslieder?", wollte Jackie wissen.

Jana nickte.

„Fast jeder bekannte Musiker hat dort bereits mindestens ein Lied für das Fest herausgebracht.", sagte sie. „Es ist beinahe schon eine Art Tradition geworden. Und fast jedes Jahr kommen pünktlich zum Weihnachtsfest neue Lieder heraus."

Die Filipina erklärte, dass die Anzahl der tra-

ditionellen und modernen Lieder, mit weihnacht-
lichem Thema, auf den philippinischen Inseln inzwischen so umfangreich war, dass viele Künstler
oftmals schon keine eigenen Lieder mehr machten, sondern eher auf bereits existierende Texte
zurückgriffen. Diese wurden zwar mit dem eigenen Flair versehen, aber der ursprüngliche Kern
blieb immer bestehen.

„Kennst du viele philippinische Weihnachtslieder?"

Jana schüttelte betreten den Kopf.

„Leider nicht.", gab sie zu. „Nur ein paar der
Titel, die meine Lieblingskünstler gemacht haben.
Zum Beispiel die poppige Version von Papa's
Lieblingslied, *Pasko ay Sumapit.* Das heißt soviel
wie *Die Weihnachtszeit ist da.* Es zählt eigentlich
schon zu den traditionelleren Stücken, wurde inzwischen aber von unzähligen Musikern mit ver-
schiedenen Genres aufgegriffen. Aber trotzdem
ist es immer noch ein typisches Lied für das philippinische Weihnachtsfest."

Die Halbfilipina berichtete ihrer Tätowiererin

wie sie und ihre Familie regelmäßig an den Feiertagen gemeinsam sangen. Sogar Johannes hatte manchmal versucht dem Text zu folgen, aber meistens summte er dann zum Schluss nur mit.

Bei dieser Vorstellung verspürte Jackie ein wenig Wehmut. Sie selber war an den Feiertagen meist alleine. Durch ihren Umzug vor einigen Jahren, bestanden ihre Familienfeiern meist nur aus Telefonaten und Nachrichten schreiben. Ab und zu fühlte sich die junge Frau durch mehr als nur die Kilometer von ihren Verwandten getrennt.

Entschieden Jana's Geschichte weiter zu folgen, schüttelte Jackie ihren Kopf, um ihre Aufmerksamkeit wieder der jungen Frau zu widmen.

„Und wann kam dann Johannes' Antrag?"

„Bei *Come All Ye Faithful*. Das ist mein absoluter Favorit unter den Weihnachtsliedern."

An diesem einen Weihnachtsabend damals hatte Johannes eine Auswahl an Liedern für das gemeinsame Fest vorbereitet. Es war genug Musik für eine Dauer von mindestens zehn Stunden gewesen.

Im Nachhinein hatte Jana dann sogar festgestellt, dass er die Liste absichtlich so zusammengestellt hatte, dass kurz nach dem Weihnachtsessen mit großer Wahrscheinlichkeit ihr Lieblingslied lief.

„Wir saßen damals, wie gesagt, beim geschmückten Baum. Mein Lied hatte eben begonnen. Ich sang mit, Mama begleitete mich. Dann meinte Jo, dass er noch ein besonderes Geschenk für mich habe. Ich war wie erstarrt, als er plötzlich aufstand, meine Hand nahm und mich ebenfalls auf die Beine zog.

Als er sich dann selber hinkniete, versagte meine Stimme. Mama quiekte vor Aufregung, als Johannes die kleine Schachtel hervorholte. Und Papa gab keinen Ton von sich, hatte aber ein breites Lächeln im Gesicht.

Der Augenblick war einfach perfekt."

Die Filipina seufzte. Ihr sehnsuchtsvolles Lächeln war ein Zeichen, dass sie es genoss, diese Geschichte zu erzählen.

„Als Jo mich dann schließlich, vor mir kniend, um meine Hand zur Ehe bat, da kam kein Ton über meine Lippen. Ich bewegte zwar meinen Mund, aber es kam nichts.

Also nickte ich, Tränen der Freude in den Augen.

Und dann wurde das Weihnachtsfest zu unserer langen Verlobungsfeier."

Jana nahm sich eine neue Zigarette aus der Schachtel. Tief inhalierte sie den Rauch, blies ihn dann in den Raum.

„Ich will gar nicht wissen, wie hoch damals die Telefonrechnung meiner Eltern war.", erwähnte sie anschließend. „Meine Mutter hielt es für ihre Pflicht jeden Verwandten und Bekannten darüber zu informieren. Stundenlang hatte sie telefoniert, verbreitete die Nachricht in ihrem und unserem Umfeld.

Und am nächsten Tag war unser Anrufbeantworter mit mehr als zwei Stunden Glückwünschen überfüllt."

Jana lachte glücklich, als sie von diesen Feiertagen erzählte.

Jackie blies Rauch aus. Die jüngere Frau lächelte und konnte genau erkennen, dass Jana ihre Entscheidung wohl nie bereut hatte. Offensichtlich war die Erinnerung an dieses Weihnachtsfest einer der Augenblicke, die der exotisch anmutenden Frau viel bedeuteten.

„Und dann seid ihr zusammengezogen?"

„Schon vorher.", sagte Jana und zog an der Zigarette. Sie blies den Rauch aus, und warf einen prüfenden Blick auf das begonnene Tattoo an ihrem Oberschenkel. Es fühlte sich an, als wenn ein dünner Blutfaden an ihrem Bein herablaufen würde.

„Johannes und ich lebten bereits ein Vierteljahr vor seinem Antrag zusammen. Ich durfte auch nur bei ihm einziehen, weil er damals schon bei seiner Firma angefangen hatte, als Mitarbeiter im Computer- und Systemmanagement. Jo verdiente gutes Geld, hatte eine Wohnung die für zwei reichte.

Und nachdem wir meinem Vater versichert

hatten, dass wir uns regelmäßig melden und sehen lassen würden, hatte er schließlich zugestimmt."

Jackie trank einen Schluck aus ihrer Flasche mit Zitroneneistee. Sie beugte sich vor und begutachtete eingehend die Tätowierung.

„Wir können dann weitermachen."

Jana kletterte wieder auf den Stuhl, legte sich hin.

„Wie war es denn, als ihr als Verlobte zusammengelebt habt?"

Überrascht fragte Jana, ob Jackie diese Frage ernst meinte. Die Tätowiererin gab zu immer noch alleinstehend zu sein. Trotz der Tatsache dass sie in ihrem Beruf schon mehrere Männer kennengelernt hatte.

Jana stutzte. Ihr war es unverständlich, dass diese attraktive junge Frau noch ohne Partner war. Ob Jackie vielleicht zu wählerisch war?

„Es war wie ein Traum.", gab die Filipina lächelnd zu. „Wir waren zwar bereits länger zusammen gewesen, fast achtzehn Monate. Aber als richtiges Paar zusammenzuleben, zu wissen, dass die Bindung nun noch fester war. Das war wirklich etwas besonderes."

Jana seufzte als sie an die Zeit zurückdachte.

Damals waren sie ungehemmt gewesen. Sie hatten Spaß daran, ihre gemeinsame Zeit wirklich nur miteinander zu verbringen.

Johannes' beruflicher Werdegang war gesichert, sein Einkommen ausreichend für das gemeinsame Leben.

Jana hatte neben dem Studium der Pädagogik als Babysitter zusätzlich ein kleines Einkommen verdient. Das Studium an sich hatten ihre Eltern aus einem Fond finanziert, den sie schon Jahre zuvor für Jana und ihre beiden Brüder angelegt hatten.

Das unerwartete aber erfreuliche Geschenk kam nur einen Monat nach der Hochzeit.

„Als ich Johannes dann mitteilte, dass meine Regel ausgeblieben war, mittlerweile schon im zweiten Monat, war er ganz aus dem Häuschen. Und erst meine Eltern." Jana schüttelte schmunzelnd den Kopf. „Zuerst hatte ich ja befürchtet, dass sie böse wären, oder zumindest enttäuscht, weil wir unvorsichtig gewesen waren. Aber da lag ich ganz falsch."

Als ihre Eltern und Johannes damals den ersten Blick auf den positiven Schwangerschaftstest geworfen hatten, stand allen dreien der Mund offen. Keiner hatte einen Ton von sich gegeben.

Dann, nach der ersten Überraschung, hatte Johannes seine Frau an sich gezogen, ihr einen langen Kuss gegeben. Der Jubel ihrer Eltern war schließlich in ein Gespräch zwischen ihnen übergegangen.

„Mama und Papa rieten zu einem Umzug. Für drei war unsere Wohnung zu klein. Darum meinten beide, dass in ihrem Haus genug Platz sei.

Ich war tatsächlich drauf und dran ihr Angebot anzunehmen."

Das Haus von Jana's Eltern war ein Zweifamilienhaus. Sie hatten beide Haushälften erworben, nutzten eine davon als Unterkunft für Urlauber und Freunde, die zu Besuch kamen.

„Seid ihr bei ihnen eingezogen?", fragte Jackie.

Ein breites Grinsen legte sich auf Jana's Gesicht, als sie von Johannes' Enthüllung erzählte.

„Tatsächlich hatte Jo noch eine eigene Überraschung für meine Eltern und mich gehabt. Ein halbes Jahr vorher hatte er nämlich eine Beförderung erhalten. Und das hatte er tatsächlich verheimlicht. Vor uns allen!"

„Warum?"

Die Filipina zuckte mit den Schultern.

„Ich weiß es nicht.", gab sie zu. „Er wollte es wohl einfach als große Überraschung aufheben. Und das hatte er geschafft."

Zusammen mit seiner Beförderung hatte Johannes damals eine größere Bonuszahlung erhalten, welche er wiederum verwendet hatte, um eine Investition zu tätigen. In die gemeinsame Zukunft mit Jana.

„Er hat euch ein Haus gekauft?" Jackie's Verblüffung war verständlich.

„Er hatte ein günstiges Baugrundstück erworben, umgeben von viel Natur. An einem Waldstück gelegen. Und eine Baufirma hatte sogar bereits mit der Arbeit begonnen. Das Fundament war gesetzt, der Rohbau hatte ebenfalls einen guten Start genommen."

Mit einem Lächeln erzählte Jana von den weiteren Enthüllungen des Abends, berichtete von der Reaktion ihrer Eltern.

Zwar war Jana's Vater nicht wirklich glücklich gewesen über diesen Verlauf der Dinge. Vor allem mit Johannes' heimlichen Vorbereitungen war er unzufrieden. In seiner Familie waren solche Planungen bisher immer offen angesprochen und dann gemeinsam durchgeführt worden.

Aber letztlich hatte er beiden seinen Segen gegeben. Immerhin waren Jana und Johannes, sowie das nun entstehende neue Leben im Leib seiner Tochter, eine eigenständige Familie.

Solange sie glücklich waren, wollte er ihre Entscheidungen akzeptieren.

Jackie stieß Luft aus, die sanft an Jana's Oberschenkel entlangstrich. Ein Schauder lief der jungen Frau durch den Körper.

Die erfahrene Tätowiererin war inzwischen mit der rohen Gestaltung des Herzen fertig. Nun hatte sie mit den Details des Phönix begonnen. Sie hatte sich eine Brille mit angebrachtem Vergrößerungsglas aufgesetzt, um die filigranen Arbeiten am Körper des Feuervogels ausführen zu können.

„Jana, du hast doch vorhin mal zwei Kinder erwähnt." Selbst während sie hochkonzentriert arbeitete, war Jackie's Aufmerksamkeit ungebrochen.

Die Filipina nickte. Ganz zu Anfang, als Jackie mit der Arbeit, und sie mit ihrer Erzählung begonnen hatte, hatte sie von ihrer vierköpfigen Familie berichtet.

„Ja, Rico war unser erstes Kind. Er war nicht eingeplant gewesen, und leider konnte ich dann mein Studium auch nicht wie geplant abschließen." Sie atmete tief aus, als ein Schmerz von ihrem Bein nach oben schoss. „Emmalyn kam drei Jahre nach ihm auf die Welt."

„War sie denn wenigstens geplant?"

„Wie man's nimmt.", gab Jana zu. „Jo wollte damals immer unbedingt eine Tochter. Nicht dass er Rico nicht abgöttisch lieben würde. Aber eine kleine Prinzessin war immer sein großer Wunsch gewesen, eine Tochter, die er selber aufziehen und schützen würde.

Ich hatte inzwischen mein Pädagogikstudium per Fernschule weitergeführt, und stand damals unmittelbar vor dem Abschluss."

Neben ihrem Alltag hatten Johannes und Jana zu dieser Zeit stets nur sehr wenige gemeinsame Stunden füreinander gehabt.

Johannes' Arbeit nahm ihn sehr in Anspruch, da die Firma wie geplant expandierte. Inzwischen war er durch seine gute Arbeitsmoral und Zuverlässigkeit positiv aufgefallen. Als Auszeichnung hatte man ihn zum Abteilungsleiter für die Hard- und Softwaresicherheit ernannt.

Zusammen mit dieser Beförderung waren natürlich Johannes' berufliche Verantwortung und auch sein Bankkonto wieder um einiges angewachsen.

„Als pflichtbewusster Ehemann", erklärte Jana. „hat Johannes damals sogar den Vorschlag gemacht, unser Erspartes zu kombinieren. Ein gemeinsames Konto für die gemeinsame Familie."

Sie gab zu dass beide eine Weile darüber nachgedacht hatten. Jedoch hatten beide dann letztlich entschieden, dass lediglich ein drittes Konto zum Sparen für Urlaube und größere Anschaffungen angelegt werden sollte. Ansonsten hatte jeder sein eigenes Einkommenskonto.

Durch seine Arbeit war Johannes stets ausgelastet, und der kleine Rico und das Fernstudium hielten derweil Jana auf Trab. Glücklicherweise verhalfen den beiden ihre Eltern gerne mit ein paar Großeltern-Enkelkind-Tagen zu etwas Entspannung und Erholung.

Diese nutzten die beiden dann intensiv füreinander.

Ihre Datingtage waren lange vorüber. Dennoch gingen sie gerne als glückliche Verliebte in Restaurants, zogen hin und wieder durch die Clubs, und nutzten die freie Zeit für Kinobesuche. Doch all dies funktionierte damals eben nur an den Wochenenden, wenn Rico bei seinen Großeltern war.

Und dann war es wieder geschehen. Jana's Tage blieben aus.

Erst hatte Überraschung geherrscht, dann Freude und letztlich auch ein wenig Sorge. Die Großeltern waren selbstverständlich überglücklich gewesen. Zwei Enkelkinder bedeuteten doppelte Freude.

Als dann sogar das Geschlecht des neuen Lebens durch die Untersuchungen der Frauenärztin festgestellt worden war, war Johannes' Vorfreude kaum noch zu bremsen gewesen.

„Es war ein Mädchen!", sagte Jana lächelnd. „Johannes war außer sich vor Glück, als er erfuhr, dass sein Wunsch wahr werden würde. Sogar mein Vater war aufgeregt.

Die beiden haben damals sehr oft miteinander geredet, das weiß ich noch. Papa hat Jo immer Tipps gegeben, wie er sich als künftiger Vater einer Tochter würde vorbereiten müssen. Und sie haben auch zusammen das zweite Kinderzimmer eingerichtet.

Als Emmalyn dann geboren war, da war unser Glück vollkommen. Ein Sohn, eine Tochter, wir waren eine glückliche Familie.

Zumindest für eine Weile."

Jana war plötzlich still geworden. Ein leises Schluchzen war von ihr zu hören.

Erinnerungen sind schon seit jeher eine merkwürdige Sache. Man erinnert sich gerne an schöne Erlebnisse, verbringt stets viel Zeit damit, sich das Geschehen wieder ins Gedächtnis zu rufen. Dagegen sind schlechte Erinnerungen genau das, was man zu vergessen wünscht. Muss man sich solche Begebenheiten wieder vor Augen führen, durchlebt man das Vergangene meist intensiver, als man möchte.

„Was war passiert?" Jackie's Stimme klang voller Sorge.

Jana schwieg, griff nach einem Taschentuch und putzte sich die Nase. Sie wollte jetzt nicht reden. Die Auswirkungen ihrer Erinnerungen waren stärker, als sie selber es erwartet hatte.

Ein Rascheln unterbrach die Frauen.

„Jackie?" Es war der blonde Mitarbeiter mit den Ohrringen. Er hatte den Vorhang ein Stück zur Seite geschoben, blickte in das Arbeitszimmer. „Kommst du mal kurz nach vorne?"

Hinter ihrem Kollegen erkannte Jackie im Empfangsbereich des Tattoo-Studios einen ihrer Stammkunden. Sie erhob sich, legte die Tätowiermaschine beiseite.

„Wir machen kurz Pause, Jana. Es dauert nicht lange." Mit diesen Worten ging sie nach vorne und schloss den Vorhang hinter sich.

Jana blieb auf dem Stuhl liegen, den Blick zur Decke gerichtet.

Warum hatte die Erinnerung an die Zeit nach Emmalyn's Geburt so starke Auswirkungen? Wenn sie bisher darüber nachgedacht hatte, wurde sie meist nur ein wenig schwermütig. Konnte eventuell die ungewohnte Situation das Ganze ausgelöst haben?

Seufzend erhob sich Jana von dem Stuhl. Sie ging zum Tisch mit dem Aschenbecher und zündete sich eine Zigarette an.

Grübelnd blies sie den Rauch in den Raum, sog dann ihre Unterlippe ein und kaute darauf herum. Die Filipina tat dies häufig, meist ohne es wirklich zu bemerken. Es war eine dieser Angewohnheiten, welche man niemals wirklich ablegen konnte.

Tatsächlich hatte sie dadurch schon manchmal ihr eigenes Blut geschmeckt.

Jana betrachtete die glühende Zigarette in ihrer Hand. Sie verspürte einen seltsamen Anflug von Traurigkeit, während sie ein weiteres Mal den Rauch einatmete.

Tränen traten in ihre dunklen Augen, rannen ihre Wangen hinunter.

Die Erinnerung an die damaligen Geschehnisse kehrte just in dem Augenblick zurück, als auch Jackie wieder in den Raum trat.

Durch den Tränenschleier erkannte Jana, dass die andere Frau mit besorgtem Blick näher kam.

„Was ist los?" Die Berührung der Tätowiererin an ihrer Schulter war warm und sanft.

Jana schniefte.

Die ganze Zeit über, seit es damals geschehen war, hatte sie die Erinnerung offensichtlich nach und nach verdrängt, immer tiefer in ihrem Hirn vergraben. Sie hatte einfach nicht daran denken wollen. Und wann immer Jana bisher mit ihren Gedanken in die Zeit nach Emmalyn's Geburt zurückgekehrt war, schien sie instinktiv nicht an das ganze Geschehen herangereicht zu haben.

Diese Schonzeit schien jedoch nun ganz klar vorbei zu sein.

Es war wie ein Schlag in die Magengegend gewesen, als die Filipina sich an die Zeit erinnerte, in welcher sie und Johannes nicht zusammengelebt hatten.

Jana blickte Jackie durch einen dünnen Tränenschleier an.

„Willst du das wirklich hören, Jackie?"

Die Tätowiererin nickte. Zustimmend und zugleich zögernd. In ihrem Blick lag eine Mischung aus Mitleid und Verständnis.

Jana schniefte ein weiteres Mal, wischte sich mit der flachen Hand die Tränenspuren von den Wangen. Sie zündete sich eine weitere Zigarette an, nahm einen tiefen Zug. Langsam ließ sie den bitteren Rauch zwischen ihren Lippen entweichen.

„Es war knapp zwei Jahre nach Emmalyn's Geburt passiert. Nur wenige Monate vorher war Jo zum Stellvertreter seines direkten Vorgesetzten aufgestiegen.

Mit zu seinem neuen Aufgabenbereich gehörten dann auch mehrtägige Dienstreisen zu Außenstellen und neuen Kunden. Jo musste die Reisen teilweise organisieren und auch selber mitfahren.

Übernachtet wurde dann zumeist in Hotels oder Pensionen. Alles auf Firmenkosten, da es ja Dienstreisen waren.

Und wenn er dann wieder daheim war, gab es Geschenke für die Kids und mich. Wir gingen dann immer groß Essen, und er erzählte uns seine

Erlebnisse, zeigte uns Fotos und Videos."

Während Jana das alles erzählte, beobachtete Jackie aufmerksam jede Regung ihres Gesichtes. Die junge Filipina wirkte ungemein niederge- schlagen. Beinahe sämtliche Fröhlichkeit schien während dieser einleitenden Worte, zu den nun hervortretenden Geschehnissen, plötzlich von ihr gewichen zu sein.

Die Tätowiererin hatte in ihrem Leben schon oft solche Stimmungen mitbekommen, sowohl bei Kundinnen als auch bei Freundinnen. Sie konnte sich nur zu gut vorstellen, was damals ge- schehen war.

Jana berichtete davon, dass Johannes während dieser Zeit damals oft sehr unter Stress gestanden hatte. Er hatte viele Überstunden zu leisten, brachte auch öfters Arbeit mit nach hause. Das gemeinsame Schlafzimmer wurde dann teilweise von ihm als Büro verwendet.

„Trotz all seiner zusätzlichen Arbeit", erklärte Jana. „machte Jo sein Beruf dennoch Spaß. Er kam mit vielen Leuten zusammen, reiste, und brachte auch immer Souvenirs für uns mit.

Aber ich wünschte mir damals oft, dass wir ihn hätten begleiten können."

Jackie konnte die junge Halbfilipina gut verstehen. Eine Familie sollte stets versuchen zusammen zu halten.

Sie selbst hatte dies leider erst spät erkannt und bedauerte inzwischen oft, von daheim weggezogen zu sein. Wenngleich Jackie's Beruf ihr die Möglichkeit gegeben hatte sich kreativ zu entfalten, und die unterschiedlichsten und interessantesten Menschen kennenzulernen.

Das stechende Gefühl, dass etwas Wichtiges nicht mehr Teil ihres Lebens war, hatte Jackie schon oft in fremde Arme getrieben. Aber es hatte nie wirklich so geholfen, wie sie es sich gewünscht hatte.

Jana berichtete weiter.

„Damals war eine Dienstreise in die Schweiz angekündigt worden. Ein neuer Großkunde sollte umworben werden.

Johannes war mit den Reisevorbereitungen beschäftigt, zusammen mit mehreren anderen Abteilungen. Das Ganze sollte eine Woche dauern. Sieben Tage und acht Nächte mussten er und seine Kollegen in einem Hotel verbringen.

Jo rief uns jeden Abend an. Er berichtete von seinem Tag und wie schön es dort war. Mehrmals kam sogar der Vorschlag auf, dass wir zusammen dort Urlaub machen könnten. Und wenn er die Kids am Telefon mit ins Bett gebracht hatte, plauderten wir beide meist noch bis spät in die Nacht.

Schließlich teilte er uns dann am fünften Tag mit, dass die Gespräche erfolgreich abgeschlossen waren. Lediglich das am nächsten Tag folgende Abschlussgespräch stand der Mannschaft noch bevor.

Somit hatten Jo und seine Kollegen noch fast zwei Tage um auf Firmenkosten zu entspannen. Die eingeplante Zeit war eben noch nicht um."

Bei diesen Worten musste Jackie laut lachen.

„Das war ja gemein! Er geht Skifahren, und du sitzt daheim mit den Kindern?"

Auch Jana schmunzelte nun ein wenig, als sie

sagte, dass Johannes sich noch nie auf Skiern hatte halten können. Sein größtes Wintervergnügen belief sich meistens auf das Fertigen von Schneemännern und Schneeengeln.

„An dem Abend redeten wir dann so lange, bis ich von seiner Seite her nur noch Gemurmel, und leises Schnarchen hörte.

Es klingt auch heute immer noch total süß.

Jedenfalls rief Jo am nächsten Tag dann nicht an. Aber ich erhielt eine Nachricht, dass „alles Top gelaufen" war, und er und ein paar Kollegen „noch was trinken" gehen. Also war alles okay.

Auch am folgenden Tag kamen dann nur ein paar Nachrichten.

Ich kenne das so von ihm. Er trinkt niemals viel Alkohol, hat dann am nächsten Tag aber immer einen Kater. Also dachte ich, dass es nur Jo's Zustand war, der ihn vom Telefonieren abhielt. Zudem kam er ja am nächsten Tag heim."

Jana machte eine Pause. An Jackie's Blick konnte sie erkennen, dass diese längst ahnte, was damals passiert war.

„Hat er es sofort gebeichtet?"

Jana schüttelte den Kopf. Sie atmete konzentriert ein und aus, um ihre Stimme zu festigen.

„Nach seiner Rückkehr folgten ein paar unglaublich angespannte Tage. Zu Rico und Emmy war er der liebende Vater, so wie immer. Nur wenn wir allein waren ..." Die Filipina nahm noch eine Zigarette. Ein leises Lachen folgte dem Ausatmen des Rauches. „Damals habe ich auch mit dem Rauchen angefangen."

„Wann gab er es zu, Jana?", wollte Jackie wissen, die sich ebenfalls eine Zigarette anzündete. „Oder hast du es anders erfahren?"

„In gewisser Weise hatte ich es wohl schon geahnt. Aber ich wollte es einfach nicht glauben.

Damals klingelte oft mehrmals am Tag unser Telefon, und immer ging Jo dran. Er redete kurz zum Anrufer, achtete darauf, dass ich seine Worte nicht hörte, und legte dann auf. Eines Tages, gerade als ich wieder versucht hatte, von Johannes irgendwas zu erfahren, war es dann soweit. Ich stand direkt am Telefon als es klingelte. Die beiden Kleinen waren seit einer Weile im Bett gewesen. Also nahm ich beim ersten Läuten ab, sagte „Hallo", und hörte eine Frauenstimme sagen, dass sie sich verwählt hätte."

Jana's Lippen bebten. Tränen liefen ihre Wangen hinab.

„Es war, als wäre ein Vorhang gefallen. Von einem Augenblick zum nächsten war es mir klar."

Johannes hatte neben ihr gestanden, als sie den Hörer ergriffen und geantwortet hatte. Ein unsicherer Blick zu ihm hatte Jana ihren Verdacht endgültig bestätigt.

„Sein ausweichender Blick sagte alles.

Einen quälend langen Moment hatte ich die Hoffnung, dass er nun endlich reden würde. Aber alles was er sagte war, dass er einen Koffer brauche."

„Einen Koffer?" Jackie wischte sich einige hervortretenden Tränen aus den Augen. „Also hat er euch verlassen?"

„Eine Zeitlang, ja." Jana rang um Fassung. Die

Erinnerung schmerzte genauso stark, wie das wirkliche Geschehen damals. „Ich habe unendlich viel geheult. Schon als ich Jo ins Schlafzimmer folgte, und mit ansehen musste, wie er ein paar Sachen in seinen Koffer packte.

Es war nicht mal viel, einfach nur für ein paar Tage.

An der Tür hat er sich dann schließlich noch einmal umgedreht. Seine Augen waren genauso verheult, wie es meine gewesen sein mussten.

Er holte tief Luft, sagte mit halb erstickter Stimme die Worte, die ich so gerne hörte: „Ich liebe Dich, Jana!" Und dann erklärte er wie es geschehen war. Zu viel Alkohol, und sie hatte es ausgenutzt. Er hatte es auch gar nicht gewollt."

Jana's Stimme war von Abscheu erfüllt, als sie Jackie von der Person erzählte, welche beinahe ihre Ehe ruiniert hatte.

„Die Büroschlampe. Immer aufgedonnert, hochhackige Schuhe bei jedem Wetter, im Sommer immer mit Minirock." Wütend blies die Filipina den letzten Zug von der Zigarette aus.

Johannes hatte Jana vorher schon öfter von dieser Frau berichtet. Es waren aufschlussreiche Erzählungen gewesen, deren Anzahl und Abläufe sich Jana jedoch wegen der pikanten Art nicht wirklich eingeprägt hatte.

Nur an ein paar Erzählungen erinnerte sich die Filipina noch. Einmal hatte sich diese spezielle Dame mit einem zu dieser Zeit noch in der Scheidung befindlichen Mitarbeiter aus einer anderen Abteilung amüsiert, und dennoch ganz offen von den anderen Männern in ihrem Leben erzählt. Ein anderes Mal kam ihr neuer Freund vorbei, um sie von der Arbeit abzuholen, während sie sich im Kopierraum mit einem Anderen vergnügte.

Dieser Frau schien es großes Vergnügen zu machen, Männer in Verlegenheit zu bringen. Einer solchen Vertreterin der weiblichen Spezies sollte jeder Mann mit Ehrgefühl eigentlich freiwillig aus dem Weg gehen. Allerdings gab es auch solche Männer, die gerade an solcher Verdorbenheit ihren Gefallen fanden.

Doch zu diesen Männern gehörte Johannes

nicht.

„Die klingt ja wirklich zauberhaft.", sagte Jackie abwertend, nachdem Jana einige wenige Affairen der Dame aufgezählt hatte. „Wann hast du Johannes verziehen?"

Jackie beugte sich ein wenig nach vorne, betrachtete Jana's Oberschenkel. Sie nahm ein Tuch und wischte eine frische Blutspur von ihrem Werk.

„Es war nicht wirklich möglich ihm zu verzeihen."

„Wie das?", fragte Jackie und blickte auf, direkt in Jana's dunkle Augen. Da sie noch nach vorne gebeugt war, waren die Gesichter der beiden Frauen nur etwa eine handbreit voneinander entfernt.

Jana errötete, als sie Jackie's Frage beantwortete.

„Er war damals eigentlich fast jeden Tag bei uns.", gab sie zu und deutete dann auf den Stuhl.

Als sie wieder an dem Tattoo arbeiteten fuhr Jana mit ihrer Geschichte fort.

Obwohl Johannes damals in ein Hotel gezogen war, hatten Jana und er für die gemeinsamen Kinder heile Welt mimen wollen. Das hatte auch eigentlich ganz gut funktioniert.

Johannes kam nach der Arbeit vorbei und blieb meist bis Rico und Emmalyn schlafen gingen, beschäftigte sich bis dahin immer viel mit ihnen. Gespräche untereinander vermieden er und Jana so gut es ging.

„Es war eine anstrengende, aber irgendwie auch schöne Zeit, muss ich zugeben.

Am schlimmsten war dabei auch immer nur die Zeit, wenn Jo nicht bei uns war. Ich wusste nicht, ob er sich nicht doch noch mit der anderen traf. Sehen musste er sie definitiv. Sie arbeitete ja in derselben Firma, und sogar in seiner Abteilung."

Jedes Mal, wenn Jana damals versucht war, Johannes irgendwelche Fragen bezüglich der Arbeit zu stellen, hatte sie sich selber dazu entschieden zu schweigen. Sie wollte es nicht riskieren.

Die Angst von der anderen Frau zu hören, aus

seinem Mund, war einfach zu groß.

Stattdessen ließ sie ihn sich mit den Kindern beschäftigen, und verbarg ihre Gedanken.

„Ich versuchte, mich die ganze Zeit abzulenken. Wenn er da war, und sich mit den Kleinen beschäftigte, war ich so oft es ging mit irgendetwas anderem zugange. Und wenn die Kids im Bett waren, dann ging er eh bald.

Aber dann, eines Abends, Johannes war gerade gegangen. Ich weiß nicht, ob er es mit Absicht gemacht hatte, aber im Flur stand sein Rasierwasser. Und die Flasche war offen. Ich nahm sie, sofort stieg mir der Duft in die Nase. Und ich heulte."

An ihrer Stimme erkannte Jackie, dass dieser Abend Jana nicht wirklich unangenehm in Erinnerung geblieben war. In ihren Worten schwang sogar eine Art Sehnsucht mit.

Die Filipina fuhr fort: „An diesem Abend rauchte ich bestimmt eine Schachtel, und trank mindestens zwei Kannen Kaffee. Zumindest kam es mir so vor. Ich wollte einfach nicht schlafen gehen. Ich wusste ganz genau, dass ich mich dann in den Schlaf heulen würde.

Johannes' Rasierwasser ist mein schwacher Punkt. Ich liebe es, wenn er frisch rasiert an mir vorbeigeht, und das Duftwasser drauf hat. Das hat irgendwie immer dazu geführt, dass ich an ihm geschnuppert hab, wie ein Hündchen.

Aber es an diesem Abend zu riechen, in dieser Situation. Das war wie ein Hammer."

Es war dieser eine Augenblick gewesen, der Jana klar gemacht hatte, wie sehr ihr Mann ihr fehlte. Sie hatte eingesehen, dass trotz seines Ausrutschers ihre Liebe zu Johannes nicht vermindert war. Tatsächlich hatte die Trennung anscheinend den gegenteiligen Effekt gehabt. Ihre Sehnsucht nach ihm war sogar noch gestärkt worden.

„Du wolltest ihn also zurückhaben.", sagte Jackie.

„Es war keine Frage des Wollens.", berichtigte Jana. „Ich musste Johannes einfach wiederhaben. Jede einzelne Faser in meinem Körper verzehrte sich nach ihm.

Als er dann am nächsten Tag da war, blieb ich mehr in seiner Nähe. Den Kids gefiel es, mit uns beiden gleichzeitig spielen zu können. Und ich versuchte, den Mut aufzubringen und ihm zu sagen, was mir das Herz schwer machte."

Aber sie hatte geschwiegen.

Das fortwährende mal hier mal da, das Johannes im Hotel schlief, und nur stundenweise daheim war, das hatte Jana schwer zu schaffen gemacht. Es war als hätte damals ein Fels auf der Seele der jungen Frau gelastet.

Mehr als alles andere hatte die Filipina ihre Gedanken laut aussprechen wollen. Es brannte auf ihrer Brust, ihm zu sagen, dass er nicht wieder gehen sollte.

Doch wie ein Knoten schien das Geschehen von der Dienstreise ihre Kehle zu blockieren. Als würde es zu verhindern versuchen, dass sie ihren Wunsch, Johannes solle wieder nach hause kommen, laut aussprach.

„Doch dann", sagte Jana nach einer kurzen Pause. „es waren inzwischen bestimmt etwas über drei Monate gewesen, seit Jo in das Hotel gezogen war. Doch an diesem Abend da hielt ich es einfach nicht mehr aus."

Jackie hörte atemlos zu. Längst hatte sie die Tätowiermaschine nur noch zu Dekoration in der Hand, hielt sie fest. Aber der Motor war ausgeschaltet.

Die Tätowiererin hatte während Jana's Erzählung festgestellt, dass die Stimmung der Filipina sich wieder etwas aufgehellt hatte. Seit sie von dem Rasierwasser berichtet hatte, schwang nun Leichtigkeit und Freude in ihren Worten mit.

„Gerade als Johannes an diesem Abend zur Tür gehen wollte," Jana's Augen schienen in diesem Moment zu strahlen. „da hielt ich ihn einfach am Arm fest. Und als er mich ansah, platzte es heraus. Bitte bleib! Du fehlst mir!"

Ein Lächeln legte sich auf die Gesichter der beiden Frauen.

„Und er sagte, dass er mich auch vermisst hatte. Und dann hat er mich geküsst."

Erleichtert atmete Jackie auf.

Es war ihr zwar klar, dass Jana und Johannes sich nicht getrennt hatten, sonst wäre sie ja nicht wegen dem von ihm gewünschten Tattoo bei ihr im Studio. Aber die ganze Hintergrundgeschichte war mitreißend.

„In dieser Nacht versuchten wir, trotz der Kinder, all die verlorene Zeit nachzuholen.", gestand Jana. „Es war wunderbar, ihn wieder zu spüren. Einander wieder so nah zu sein war einfach traumhaft."

„Und ihr wart wieder glücklich und zusammen.", sagte Jackie mit ihrem zauberhaften Lächeln.

Erneut seufzte die Filipina. Ihr Lächeln vermischte sich mit einem besorgten Gesichtsausdruck.

Jana's Stimme war kaum hörbar, als sie hinzufügte: „Irgendwas fehlte ..."

Kapitel II

Wieder war eine längere Pause eingetreten. Schweigen erfüllte den Raum, während Jackie ihre Augen nicht von der Tätowierung abzuwenden wagte.

Die Tätowiererin hatte mittlerweile erkannt, dass Jana immer dann in diese betretene Schweigsamkeit verfiel, wenn sie eine kritische Stelle in ihrer Geschichte erreichte.

Die Filipina hatte begonnen zu erzählen, wie sie und ihr Ehemann Johannes sich damals kennengelernt hatten. Wie sie zusammengezogen waren, und Jo sie um ihre Hand gebeten hatte. Sie hatte von den beiden gemeinsamen Kindern berichtet, Rico und Emmalyn.

Und dann war der Ausrutscher passiert. Johannes hatte mit einer seiner Kolleginnen geschlafen, einer Frau mit dem Ruf einer offensichtlich bekannten Firmenschlampe. Dies war auf einer Firmenreise, nach einem erfolgreichen

Vertragsabschluss geschehen, scheinbar begünstigt durch Alkohol.

Nach einer von Johannes gewählten Trennung, die er jedoch den Kindern zuliebe nur abends strikt befolgte, hatten er und Jana schließlich wieder zueinander gefunden. Sie liebten sich immer noch und hatten einander dermaßen vermisst, dass sie die Trennung zu beenden beschlossen hatten.

Aber irgendetwas hatte sich offensichtlich verändert.

„Was meinst du damit? Es fehlte etwas?"

Jana bedeutete Jackie, dass sie mit der Tätowierung weitermachen sollte. Sie wischte sich eine entstehende Tränenspur von der Wange.

Die junge Frau mit dem exotischen Aussehen versuchte ihre Gedanken zu ordnen.

Immer, wenn sie an die damalige Situation zurückdachte, schienen ihre Erinnerungen irgendwie zu verschwimmen. Es war ein wenig seltsam, da sie sich an bestimmte Begebenheiten aus dieser Zeit wiederum sehr klar erinnern konnte. Andere Situationen jedoch schienen sich wie hinter einem Nebel zu verbergen.

Allerdings hatte das Gespräch mit Jackie irgendwie bewirkt, dass sich dieser Nebel endlich lichtete. Zum Beispiel war Jana wieder eingefallen, warum Johannes und sie sich kurzzeitig getrennt hatten. Irgendwie hatte es ihr Bewusstsein über die Jahre geschafft, diesen Teil der gemeinsamen Vergangenheit mit ihrem Mann erfolgreich in einem abgeschotteten Teil ihres Gehirns wegzusperren.

Durch das Gespräch mit der Tätowiererin hatte Jana nun endlich Zugriff auf diese Erinnerungen. Sie wusste jedoch nicht, ob sie sich darüber freuen sollte. Der Schmerz, den die auftauchenden Erinnerungen an Johannes Seitensprung und die vorübergehende Trennung verursacht hatten, war unerwartet groß. Dennoch gehörte auch diese Zeit des Leids zu der gemeinsamen Vergangenheit.

Jana seufzte, schloss die Augen und konzentrierte sich auf das Summen der von Jackie so kunstvoll beherrschten Tätowiernadel.

Immer mehr Erinnerungen traten hinter dem Nebel hervor. Und Jana wollte der anderen Frau auch diesen Teil erzählen, bevor sie zu dem eigentlichen Grund ihres Besuches in dem Tattoo-Studio zu sprechen kommen würde.

So fuhr die Filipina mit ihrer Erzählung fort.

Tatsächlich hatten sie und Johannes nach seiner Rückkehr aus dem Hotel, und dem Einzug in das gemeinsame Haus zwar versucht einander wieder so nahe zu kommen, wie es vor seinem Seitensprung war. Aber, auch wenn die gegenseitige Liebe zueinander ungebrochen war, schien den beiden offenbar ein wichtiger Teil ihrer zwischenmenschlichen Beziehung verloren gegangen zu sein.

Jackie sprach einen Gedanken laut aus.

„Kann es an seinem Seitensprung gelegen haben?"

Sie kannte einige Paare, die sich aufgrund eines einzigen Ausrutschers nicht mehr nahe genug kommen konnten. Trotz langjähriger Bindung bedeutete dies dann meist das endgültige Aus.

Jana schüttelte den Kopf.

„Nein, das war es nicht." Sie streckte sich und seufzte. „Nicht wirklich, zumindest. Jo und ich liebten uns unvermindert. Und wir versuchten so vieles, um einander wieder richtig nahe zu sein.

Tatsächlich hat er sich damals sogar offen bei meinen Eltern und unseren Freunden für den Ausrutscher entschuldigt. Und das war nicht leicht für ihn."

Die Filipina musste schmunzeln, als sie von Johannes' Spießrutenlauf bei ihrer Familie erzählte. Ihr Vater, ihre Mutter und ihre beiden Brüder standen aufrecht vor Johannes, als dieser die Sache gebeichtet hatte.

Obwohl Jo größer war als jeder von ihnen, hatte er an diesem Nachmittag damals so viel kleiner gewirkt. Bei jedem hatte er sich einzeln entschuldigt und um Verzeihung gebeten. Jana's Vater hatte so bedrohlich geschaut, dass sogar ihr selbst unwohl dabei war.

Am schlimmsten aber war ihre Mutter gewesen.

Vielleicht lag es daran, dass Jana ihre einzige Tochter, und obendrein die Jüngste war. Dass Johannes ihre Tochter dermaßen verletzt hatte, konnte sie ihm nicht einfach verzeihen.

Jedenfalls hatte es damals knapp ein Vierteljahr gedauert, bis Johannes von Jana's Mutter endlich wieder angelächelt worden war. Und wann immer Jana's Eltern zum Wochenendbesuch gekommen waren, oder die beiden die Kinder zu Großeltern-Tagen gebracht hatten, war Jo stets mit der kalten Schulter begrüßt worden.

„Er tat mir immer so leid.", sagte Jana mit einem traurigen Lächeln. „Aber er konnte es auch verstehen, das hat er immer gesagt."

„Wann haben sie ihm denn schließlich verziehen?"

Jana blickte Jackie an. Ihr Blick zeigte sowohl Traurigkeit, als auch einen Anflug von Amüsement.

„Das ist tatsächlich erst kürzlich passiert. Zumindest sind sie ihm gegenüber jetzt wieder zugänglicher."

Jackie überlegte.

„Es ist doch aber knapp vier Jahre her?", sagte sie.

Jana lächelte entschuldigend.

„Meine Eltern und Geschwister sind unheimlich nachtragend," erklärte die Filipina. „An sich konnte Jo noch froh sein, dass mir nichts passiert war. Hätte ich damals durch sein Verhalten irgendeine körperliche Verletzung erlitten, dann wäre die Situation gewiss eskaliert."

Jana erklärte der anderen Frau, dass philippinische Familien stets eine sehr starke Bindung untereinander bewahren. Kam es in Beziehungen zu körperlichen Verletzungen musste sich der Verursacher fortan vorsehen.

Kurz berichtete sie von einer Jugendliebe, welche sie während einer Ferienreise auf den Philippinen erlebt hatte. Der Junge hatte sie geohrfeigt, als sie eine bestimmte Handlung nicht hatte vollziehen wollen. Aber anschließend, als ihre Eltern davon erfuhren, hatte er viel größere Schmerzen erlitten.

Jackie schmunzelte.

„Und was hatte deine Eltern nun dazu gebracht, Johannes zu verzeihen?", fragte sie interessiert nach.

Jana lachte leise. Die Erinnerung daran, was ihr Mann schließlich für sie getan hatte, huschte vor ihrem geistigen Auge vorüber.

„Kennst du Karaoke?", fragte die Filipina.

Die Tätowiererin nickte.

„Es muss jetzt ungefähr eineinhalb Monate her sein." Jana streckte ihre Schultern durch. Das lange Liegen in derselben Position war ermüdend und bereitete der Filipina Verspannungen.

„Johannes hatte mich gebeten meine Eltern auf einen Familienabend einzuladen. Und extra für diesen Abend hatte er eine Karaoke-Anlage beschafft."

Sie erwähnte, wie schon zuvor bei der Erzählung über ihre und Johannes' Verlobung zu Weihnachten, dass ihre Eltern gerne sangen, vor allem ihre Mutter. Ihren Vater musste man dazu immer entweder mit Alkohol oder mit Musik aus der Heimat ködern. Und genau das hatte Johannes tatsächlich geschafft.

„Ich weiß nicht, wie er es gemacht hat.", gab Jana zu. „Aber Jo hat irgendwie die Karaoke-Anlage auch mit Liedern von den Philippinen bestückt. Das hat Mama und vor allem Papa total berührt. Zusammen haben wir dann die verschiedensten Lieder durcheinander gesungen, und Johannes hat sich auch angestrengt. Er hat gemeinsam mit Papa gesungen, und danach mit Mama.

Und als der Abend dann vorüber war, da haben sie ihn beide umarmt. Und seitdem verstehen sie sich wieder besser."

„Ziemlich clever.", sagte Jackie, worauf Jana ihr nickend zustimmte.

Wieder trat eine kurze Pause ein. Jackie arbeitete an der Tätowierung weiter. Die Details des Phönix hielten die erfahrene Körperkünstlerin doch ziemlich auf.

Die Vorlage zeigte, dass einige der Federn an den Schwingen in die Flammen übergehen sollten. Auch wanderten Feuerzungen über den Leib des Feuervogels, die sich mit denen auf dem Herzen vereinten.

Es war wahrlich ein Meisterstück.

Jana hatte sich bequemer hingelegt, die Hände auf ihrem Bauch liegend, die Finger verschränkt. Ihre Augen waren wieder geschlossen, und sie versuchte im Geiste Jackie's Bewegungen zu folgen.

Wann immer die Tätowiererin die Maschine bewegte, hielt sie mit der freien Hand die Haut an Jana's Bein etwas straffer. Die Filipina musste sich eingestehen, dass ihr diese Berührungen gefielen. Sie fand es schön, die sanfte Wärme von Jackie's Fingern zu spüren. Und der Atem der anderen Frau auf ihrer Haut bereitete ihr ein angenehmes Gefühl.

Eine Weile sprach keine der beiden ein Wort. Nur das Summen der Tätowiermaschine erfüllte den Raum, begleitet von sanften Klängen aus den Lautsprechern.

Schließlich brach Jackie das Schweigen.

„Sag mal, Jana, bist du der Frau eigentlich je begegnet? Dieser Schlampe?"

Die Filipina öffnete die Augen, blickte starr zur Decke. Ihre Mundwinkel senkten sich ab, in ihren Augen schien ein Funke aufzuleuchten.

„Es war ungefähr ein halbes Jahr, nachdem Jo zu uns zurückgekehrt war. Eine Feier zu irgendeinem Jubiläum in der Firma."

Jana atmete tief durch, ein zorniges Lächeln umspielte plötzlich ihre Lippen.

„Zwischen Jo und mir lief es wieder etwas besser, aber trotzdem fehlte noch immer etwas. Inzwischen war mir auch beinahe klar, was das war. Was wir beide vermissten." Sie sprach das Thema zwar an, aber ging noch nicht näher darauf ein.

Stattdessen berichtete die Filipina von der Firmenfeier.

Es war die Art von Festlichkeit gewesen, bei der Abendgarderobe zwingend erwünscht war. Jeder teilnehmende Mann musste im Anzug, jede Frau in elegantem Kleid erscheinen.

„Johannes sah so gut aus in seinem Smoking.", seufzte sie. „Richtig edel, wie ein Filmstar. An seiner Seite fühlte ich mich wie eine dieser Filmdiven bei der Oscarverleihung."

Auch Jana selbst hatte an diesem Abend mehr als nur ein paar Blicke eingefangen. Das marineblaue Cocktailkleid, welches Johannes ihr spendiert hatte, war äußerst figurbetont und umschmeichelte ihren Körper.

„Hast du das Kleid noch?" Die Frage sprudelte einfach aus Jackie's Mund, überraschte sie selbst ein wenig.

Jana nickte nur lächelnd. Ihr Blick war immer noch an die Decke gerichtet, so dass sie das schwache Erröten nicht bemerkte, welches in diesem Augenblick Jackie's Wangen erwärmte.

„Wir standen gerade mit Jo's Vorgesetztem zusammen. Ein angenehmer Mensch, wenn man seine Anzüglichkeiten außer acht lässt."

Normalerweise störte sich Jana nicht an den persönlichen Verhaltensweisen anderer Menschen, solange diese ihr selbst nicht schadeten.

Allerdings hatte Johannes' damaliger Vorgesetzter tatsächlich die äußerst penetrante Angewohnheit, fast alle Frauen herablassend zu behandeln. Auch galt er als Aufreißer, hatte auch in der Firma einige enge Freundschaften zu weiblichen Mitarbeiterinnen geschlossen gehabt. Wenigstens hielt er sich gegenüber verheirateten Frauen etwas zurück.

„Aber das Zusammentreffen mit der Schlampe an diesem Abend, ließ sogar noch den Typen harmlos erscheinen."

Jackie wurde neugierig.

„Was hast du gemacht?", fragte sie interessiert. „Ihr dein Getränk ins Gesicht geschüttet? Sie angeschrien, und eine Szene gemacht?"

Jana schnaubte, ein Grinsen legte sich auf ihr Gesicht. „Im Anschluss hatte ich Hausverbot.", gab sie zu.

Die Augen der Tätowiererin weiteten sich kurz. Sie erhob sich, holte den Aschenbecher, samt Zigaretten herüber. Sie stellte den Aschenbecher auf einen Hocker und reichte Jana eine Zigarette. Diese nahm sie entgegen, und Jackie gab ihr Feuer.

Rauchend berichtete Jana von dem Ablauf der Begegnung.

„Als die Zicke auf ihn zutrat wich Jo zurück. Und sofort, ich musste nur einen Blick auf ihn werfen, war mir klar, wer das war. Ich habe noch versucht mich zu beherrschen, aber dann hat diese blonde Kuh ihn umarmen wollen!" Jana blies Rauch aus. Ein unheimliches Lächeln legte sich auf das zarte Gesicht der Filipina.

Damals hatte Jana zum ersten Mal in der Öffentlichkeit gezeigt, dass sie trotz ihrer geringen Körpergröße von nur einem Meter und zweiundsechzig doch recht gefährlich war. Eine von ihr persönlich als negativ eingeschätzte Eigenschaft, die sie deshalb selber nur sehr selten durchscheinen ließ.

„Ich machte einen Schritt nach vorne, als Jo gerade zurückgewichen war. Der Blick der Schlampe, als ich mich ihr vorstellte. Ich sehe es noch immer vor mir. Und dann holte ich aus." Jana lachte. „Es hat höllisch geknirscht, und meine Hand hat drei Tage gekühlt werden müssen, bis die Schwellung weg war. Aber das war es mir wert gewesen."

Ein beinahe teuflisches Grinsen hatte sich bei diesen Worten um Jana's Lippen gelegt, wodurch sich ihre Zähne zeigten.

„Und was war mit ihr?", fragte Jackie beeindruckt.

„Ich weiß nicht." Jana zuckte mit den Schultern. „Ich hatte sie voll erwischt, mitten unter das Kinn. Das hat sie umgeworfen.

Irgendwann hat Jo mal was erwähnt, dass sie sich kurz danach hat versetzen lassen. Wahrscheinlich war ihr das Geläster nach dem Abend nicht angenehm. Aber in der neuen Abteilung soll sie dann genauso weitergemacht haben.

Soviel ich dann nochmal von ihm gehört habe, ist die Zicke wohl irgendwann aus der Firma raus geflogen. Hat wohl mit dem falschen Ehemann angebändelt."

Jackie betrachtete die junge Filipina eingehend. Die zierliche Frau war offensichtlich ziemlich leidenschaftlich, und wusste sich auch durchzusetzen.

Jana bemerkte den Blick.

„Normalerweise bin ich eher zurückhaltend.", sagte sie entschuldigend. Sie spürte einen Anflug von Wärme in ihrem Gesicht. Ein eingeschüchtertes Lächeln entspannte ihre Züge, als sie Jackie's amüsierten Blick sah.

„Aber der Schlampe hast du es gezeigt, Jana."

„Aber ordentlich.", gab sie zurück. „Es kam auch nichts nach." Sie zögerte lächelnd.

„Nichts schlimmes, nehme ich mal an.", führte Jackie den Satz fort.

Jana's herzliches Lächeln kehrte zurück.

Da sie beide damals zu der Firmenfeier hatten gehen wollen, hatten Jana und Johannes zuvor Johannes' Eltern um deren Großelterndienste gebeten. Diese hatten begeistert zugestimmt, und waren an diesem Tag schon kurz nach dem Frühstück mit den Kindern abgezogen. Einige Tage zuvor hatte in einem Nachbarort ein neuer Vergnügungspark seine Tore geöffnet, den man an diesem Tag nun erkunden hatte wollen.

Jana's Eltern waren damals nicht verfügbar gewesen, da sie zu einem Kurzurlaub auf die Philippinen zurückgekehrt waren. Dies war für die beiden schon seit ihrer Hochzeit eine Art Tradition, die sie auch jedes Jahr einzuhalten versuchten.

Da Johannes und Jana daher bei ihrer Heimkehr allein und ungestört waren, verhielten sie sich auch entsprechend.

Sie hatten bereits auf dem Kiesweg, der von der Garage zum Haus führte, intensive Küsse ausgetauscht. Und kaum war erst die Haustür geschlossen, als Jana ihren Mann in einem unerwarteten Anflug von Leidenschaft, bei einem langen Kuss an ihren wohlgeformten Körper gezogen hatte. Ein wenig überrascht ließ sich der ein Meter siebenundachtzig messende Mann von seiner kleineren Frau tatsächlich durch den Flur ins gemeinsame Schlafzimmer bugsieren.

An diesem Abend war es wie früher gewesen, bevor es die Kinder gegeben hatte, vor Jo's Ausrutscher. Beide hatten sich vollkommen gehen lassen, genossen einander nahe zu sein.

„Und da war es uns dann schließlich klar geworden." Jana drückte ihre Zigarette aus. Seufzend ließ sie sich wieder auf den Stuhl zurücksinken. „Das was uns beiden gefehlt hatte war nicht das Verlangen, oder die Liebe. Das war alles noch da, nur nicht das volle Vertrauen ineinander."

Jackie sprach aus, was Jana meinte.

„Euch war die Leidenschaft verloren gegangen?"

Die Filipina nickte.

„Keine Ahnung, wie das passieren konnte. Es musste aber mit der Schlampe zu tun haben." Jana massierte ihren rechten Handteller. Es war die rechte Hand gewesen, die ihr damals als Faust die Erleichterung und Rache verschafft hatte.

Nach dem Hieb gegen die verblüffte Blondine hatten sie und Johannes sich seit Monaten endlich wieder voller Leidenschaft einander hingegeben. Es war, als ob sie eine Art Schalter umgelegt hatte.

Vorher war ihre Intimität nicht etwa schlecht oder unbefriedigend gewesen. Aber irgendwie hatten beide keinen wirklichen Spaß gehabt. Es war irgendwie immer wie eine Art Routine gewesen.

Doch an diesem Abend hatte die aufgetürmte Barriere zu bröckeln begonnen. Es hatte sich endlich wieder eine Verbindung zwischen ihnen beiden ergeben, angefüllt von Vertrauen und damit verbundener Gelöstheit. Nachdem sie über einander hergefallen waren, sich hemmungslos an der entstandenen Zweisamkeit erfreut hatten, lagen sich Jana und Johannes glücklich in den Armen.

„Es war so schön gewesen, wie lange nicht mehr. Leider hielt es aber nicht lange vor.", gab Jana zu. „Die Wirkung bestand nur für ein paar Tage."

„Wegen eurer Kinder?"

Jana schüttelte den Kopf, biss die Zähne zusammen, als Jackie mit der Maschine eine Linie nachzog. Die Tätowiererin hatte während der Erzählung ihre Arbeit wieder aufgenommen.

Tatsächlich hatte Jana's Bericht über die Heimkehr an dem Abend der Firmenfeier, und die gegenseitige Hingabe zwischen ihr und ihrem Mann, Jackie dazu gebracht sich ein wenig ablenken zu müssen.

Schon seit langem hatte sie selbst keinen Partner mehr gehabt. Und ähnliche Erfahrungen, wie Jana sie nun geschildert hatte, hatte sie tatsächlich überhaupt noch nie erlebt. Nicht einmal bei den zahlreichen One-Night-Stands, welche sich oft durch ihren Beruf ergeben hatten.

Jackie musste sich tatsächlich eingestehen, dass die Berichterstattung der jungen Filipina irgendwie etwas in ihr auslöste. Das Gefühl einzuordnen fiel ihr jedoch schwer. Es war eine Art Anhänglichkeit, der Wunsch ihr einfach zuzuhören. Auch war es für die Tätowiererin kein unangenehmes Gefühl, aber doch ein wenig seltsam.

Die Tatsache, dass sie obendrein selber für diese Erzählungen verantwortlich war, da sie ja danach gefragt hatte, machte es ihr auch unmöglich es zu vermeiden. Allerdings verspürte sie auch kein Verlangen danach Jana am Weitererzählen zu hindern.

Jackie's Neugier war einfach zu groß. Sie musste erfahren, was noch alles passiert war.

„Ich weiß nicht warum,", setzte die Filipina ihren Bericht fort. „aber es dauerte eine ganze Weile, bis ich meinen Entschluss fasste."

Jana trank einen Schluck Wasser, folgte dabei Jackie's Hand mit den Augen. Vorsichtig tupfte diese soeben die Linien der Tätowierung ab. Etwas Wundwasser hatte sich gebildet, lief langsam am Bein der Filipina herab.

Die beiden hatten erneut eine Pause eingelegt.

Seit der letzten Raucherpause, bei der Jana von ihrer Konfrontation mit der Firmenschlampe erzählt hatte, waren inzwischen knapp zwei Stunden vergangen. Jackie hatte während dieser Zeit sämtliche feinen Detailarbeiten an der Tätowierung abgeschlossen.

Nun warteten die beiden Frauen auf die Rückkehr des Kollegen mit den vielen Ohrringen. Sie hatten ihn gebeten zu einem Imbiss zu gehen, um ihnen etwas zu essen zu holen.

„Kommt jetzt das Spiel?", fragte Jackie neugierig.

Jana zog an ihrer Zigarette und blickte die andere Frau frech lächelnd an.

„Nicht so ungeduldig.", sagte sie, als sie den Rauch aus dem Mundwinkel ausblies. „Aber, ja. Wir sind fast an der Stelle."

Jackie lächelte erwartungsvoll.

Seit Jana am Anfang der Sitzung erwähnt hatte, dass irgendeine Art Spiel mit der Tätowierung zusammenhing, wartete Jackie darauf, diesen Zusammenhang erklärt zu bekommen.

In den drei Jahren, die sie nun in ihrem Beruf als Tätowiererin tätig war, hatte sie schon viele Begründungen für diese Art der körperlichen Verschönerung gehört. Manchmal wurden Tattoos aus Prinzip gemacht, oder weil sie einfach cool waren. Manche hatte sie aufgrund von Wetten stechen dürfen. Und sehr oft ließen sich Personen aus Liebe zueinander tätowieren, was nach Trennungen oftmals zur Narbenbildung führte. Im wörtlichen und übertragenen Sinne.

Aber wegen eines Spieles hatte Jackie bisher noch keine Tätowierung machen sollen.

Zwar hatte es einige Kunden gegeben, welche sich ihre Lieblingscharaktere aus Spielen hatten auf der Haut verewigen lassen, aber das war wiederum eine andere Sache.

Ein wenig wehmütig betrachtete die Tätowiererin die bislang noch unfertige Arbeit am Bein der Filipina.

Jackie's Neugier war innerhalb der kurzen Zeit sogar zu einer Art Zuneigung zu der exotischen jungen Frau geworden. Die Geschichte von Jana's Beziehung zu ihrem Mann Johannes war erfüllt von Liebe, Traurigkeit und auch einigen humoristischen Momenten.

Es gefiel der Körperkünstlerin, ihr zuzuhören. Und irgendwie war ihr klar, dass diese Frau ihr tatsächlich etwas fehlen würde, wenn die Sitzung schließlich vorbei, ihre Arbeit vollendet war.

Jana zündete sich eine weitere Zigarette an.

„Ich rauche zu viel.", sagte sie mehr zu sich selbst, und musste lachen. „Das hat Johannes schon öfter zu mir gesagt. Schatz, du rauchst zu viel." Sie betrachtete die Glut der Zigarette.

Es war seltsam, dass sie ihre Erlebnisse dieser ihr eigentlich unbekannten jungen Frau anvertraute. Aber die Filipina fühlte sich bei Jackie irgendwie frei. Sie vertraute ihr.

Ein weiteres Mal zog Jana an der Zigarette, dann fuhr sie mit ihrer Geschichte fort.

„Es war etwa vor neun Monaten, glaube ich. Damals entschied ich, dass ich einfach etwas unternehmen musste." Sie blickte Jackie mit einer Mischung aus Verzweiflung und Entschlossenheit an. „Die ganze Zeit vorher, das müssen knapp zwei Jahre oder so gewesen sein. Da haben Jo und ich es einfach hingenommen. Wann immer wir zusammen waren, nur wir beide, machten wir stets die Routinenummern.

Das Pflichtprogramm hab ich es sogar heimlich genannt."

Die gemeinsamen Nächte der beiden waren stets wie durchgeplant. Es geschah fast immer nur wenn die Kinder bei den Großeltern waren, und folgte zum Leidwesen von Johannes und Jana auch meist irgendwie einem bereits festgelegten Muster.

Die einzigen Variablen ergaben sich, wenn sie mal etwas Neues versuchten.

Durch den Vorfall damals auf der Firmenfeier hatten sie erkannt, dass sie beide offensichtlich irgendetwas brauchten, um dem ganzen wieder einen Reiz zu verpassen. Sie versuchten auch nahezu jedes Mal eine Möglichkeit zu finden, den notwendigen Auslöser zu reaktivieren.

Sie wollten den Schalter umlegen, um sich wieder durch den Rausch der Leidenschaft mitreißen zu lassen.

Aber dies erwies sich als komplizierter als es schien.

„Wir hatten nahezu alles Mögliche versucht." In Jana's Worten schwang ein wenig Scham mit. „Vom gemeinsamen Pornoschauen, über Nummern an ungewöhnlichen Orten. Sogar ausgefallenes Spielzeug." Die Schamröte verlieh dem Gesicht der Filipina etwas Verlockendes.

Jackie konnte nicht anders als Jana anzusehen, während diese weitersprach.

„Es waren zwei Jahre, angefüllt von Experimenten und auch vielen schönen Abenden. Wir beide kamen auch immer auf unsere Kosten."

Jana blickte ein wenig beschämt zur Seite, als sie über das Thema Höhepunkte sprach. Der Geschlechtsverkehr mit Johannes hatte für sie schon immer etwas Erfüllendes gehabt. Zärtlich und zugleich fordernd schaffte es Johannes immer wieder sie über die Schwelle zu führen.

Am bedeutendsten für Jana war die Tatsache, dass sie beide in der schwierigen Zeit nie aufgegeben hatten. Obwohl mit dem Vertrauen auch die Leidenschaft von ihnen gewichen zu sein schien, welche sie am Anfang ihrer Beziehung empfunden hatten, setzten sie alles daran den anderen immer wieder glücklich zu machen.

Jana lächelte, als sie sagte: „Und das war auch

der Grund für mich, einen riskanten Schritt zu wagen. Ich fragte schließlich einige Freundinnen, ob sie jemals solche Probleme gehabt hatten.

Die meisten schwiegen, und nur ein paar wollten mehr wissen.

Manche rieten mir sogar zur Trennung. Wenn ich keinen Spaß hätte, sollte ich mir einfach einen anderen Mann suchen. Aber das war einfach nicht machbar. Johannes ist der einzige Mann, den ich will und den ich immer wollte." Diese Worte sprach Jana mit Nachdruck und Stolz.

Jackie erkannte, wie viel der Filipina die Verbindung zwischen ihr und ihrem Mann offensichtlich bedeutete.

„Und dann gab es noch andere Freundinnen. Die traten auf mich zu, und boten Hilfe an."

Das Wort Hilfe betonte Jana so, dass die andere Frau die Anspielung schon verstand, noch bevor diese erläutert wurde.

Die Filipina erklärte dass in all der Zeit die sogenannten „Menage-a-trois" nie für sie in Frage gekommen waren. Sie hatte nicht das Bedürfnis gehabt ihren Johannes mit einer anderen Frau, oder gar einem weiteren Mann, zu teilen.

„Wie hast du dann also weiter gemacht?"

„Ich nutzte meine Ausbildung, um eine Lösung zu finden." Sie sagte das mit einem verschmitzten Lächeln. „Es hatte aber, wie gesagt, eine Weile gedauert, bis ich darauf kam.

Irgendwann erinnerte ich mich an eine Phase als Rico etwa viereinhalb Jahre alt gewesen war. Da war der Kleine immer unglaublich bockig. Er ließ beinahe niemanden mehr an sich ran, und wenn man ihn dann ansprach war er total stur gewesen, und hat jeden ignoriert."

Damals hatte Jana ihre pädagogische Ausbildung genutzt, um Rico somit auf ganz sanfte Weise zu manipulieren. Mittels einiger einfacher Spiele hatte sie seine Bockigkeit und die Sturheit schließlich durchbrechen können, und letztlich hatte der Junge sich wieder anderen geöffnet.

„Und weswegen hat er damals so gebockt?", wollte Jackie wissen.

„Naja.", erklärte Jana. „Ein paar andere Kinder

in seiner Kita hatten ihn wohl beim Spielen immer ausgeschlossen. Das habe ich damals von einer seiner Erzieherinnen erfahren. Und auch Kinder haben ihren Stolz."

Sie zuckte schmunzelnd mit den Schultern. „Ganz offensichtlich hatte ihn das so sehr gestört, dass sie nicht mehr mit ihm spielen wollten, dass er sich einfach komplett zurückzog. Und seine Abkapselung hat er wohl gewählt, um sich quasi vor den anderen zu schützen. Er wollte einfach nicht mehr verletzt werden.

Jedenfalls hab ich mich dann an diese Situation erinnert. Und dadurch bekam ich die Idee mit dem Spiel."

Jackie hing quasi an Jana's Lippen.

Neugierig lauschte die Tätowiererin den Worten ihrer Kundin, als diese von ihrem Plan berichtete, die fehlende Leidenschaft zwischen ihrem Mann und ihr selbst wieder zu erwecken.

Kapitel III

Die Filipina strich vorsichtig über die noch im Entstehen begriffene Tätowierung. Die Linien des immer noch farblosen Kunstwerkes waren sehr empfindlich, kribbelten bei jeder Berührung.

Jackie beobachtete sie dabei aufmerksam, bereit einzuschreiten, falls sich eine Blutung zeigen würde. Leider hatten manche Kunden oftmals die unschöne Angewohnheit, mit den Fingernägeln gegen das Jucken der frischen Tätowierungen vorzugehen.

Jana jedoch fuhr lediglich ein paar der Linien vorsichtig mit den Fingerkuppen nach.

„Ganz zu Anfang meiner Überlegungen", fuhr sie schließlich fort. „hatte ich einige Schwierigkeiten zu bewältigen. Wie zum Beispiel konnte ich meine Kenntnisse über die Psyche von Kindern auf Erwachsene umdenken? Zudem hatte ich auch keine richtige Erfahrung mit der Umsetzung von Spielen."

Jana schmunzelte, als sie Jackie's gespannte Blicke bemerkte. Sie hatte durchaus erkannt, dass die andere Frau ein sehr großes Interesse an ihrer Erzählung entwickelt hatte.

Zwar war es ihr selbst zum Beginn ihrer Sitzung irgendwie noch sehr peinlich gewesen, diese Erlebnisse mit der anderen jungen Frau zu teilen, die sie noch nicht einmal richtig kennen gelernt hatte. Aber es war sehr schnell doch zu einer angenehmen Art geworden, sich die Erinnerungen ein weiteres Mal durch den Kopf gehen zu lassen.

Auch gefiel es der Filipina, dass die Tätowiererin ein so offenes Interesse an ihrer Vergangenheit zeigte.

„Damals habe ich mich öfter mit einigen meiner ehemaligen Studienkollegen getroffen. Diese hatten nach dem Abschluss beruflich mit Kindern und Jugendlichen zu tun. Auf diese Weise hoffte ich, von ihnen Hinweise und Erfahrungsberichte zu bekommen. Sozusagen durch die Blume."

Seufzend gestand Jana, dass sich dies jedoch

als ziemlich schwierig erwiesen hatte. Bei manchen ihrer Kommilitonen sogar als unmöglich. Zum Einen weil ihre früheren Studiengefährten sich nach Feierabend eigentlich lieber über andere Dinge unterhalten wollten. Zum Anderen, da sie eigentlich auch nicht darüber reden durften.

„Berufsethos. Das hat Fabian immer gesagt." Bei diesem Wort richtete sich die Halbfilipina auf, verzog ihren Mund und äffte den erwähnten Mitstudenten nach.

Dann sagte sie lachend: „Er hat sich immer strikt an die Regeln gehalten, und ist nun Mitarbeiter in irgendeinem höher gestellten Lehrbetrieb. Den Namen weiß ich nicht mehr. Nur, dass das Credo von dem Verein sich hauptsächlich um die Punkte Wohlergehen, Wissensvermittlung und Vorbereitung auf das Leben in der höheren Gesellschaft dreht."

„Schicki-micki also.", fügte Jackie die Ausführung zusammen.

Sie kannte solche Leute. Familien die so reich waren, dass die Kinder quasi mit einem goldenen

Löffel gefüttert wurden. Manche dieser Familien hatten sich ihren Status durch harte Arbeit verdient, andere waren sozusagen hineingeboren worden. Und wieder andere hatten einfach nur Glück gehabt, waren irgendwie in der Gesellschaft nach oben gestolpert.

Sie selbst hatte sogar einige dieser Privilegierten in ihrem Kundenkreis. In genauem Vergleich der Privilegierten und der anderen Kunden hatte sich schließlich eine Tatsache herauskristallisiert. Unterschiedlicher konnten Menschen kaum sein, wenn es um Erwartungen zu Behandlung und Dienstleistung ging.

Welche Seite jedoch anspruchsvoller war, darin bestand kein Zweifel.

Jana erzählte weiter.

„Schließlich fragte ich Mira. Das ist wahrscheinlich auch der entscheidende Schritt gewesen."

Jana lächelte wieder, als sie von dem Gespräch mit ihrer Bekannten Mira berichtete. Diese war ebenfalls Filipina, allerdings stammte sie ursprünglich direkt von Mindanao, einer der drei großen philippinischen Hauptinseln. Mira war im Gegensatz zu Jana tatsächlich zu einhundert Prozent eine Filipina.

„Als ich sie nach Tipps für ein Spiel fragte, das ich entwickeln wollte, verlangte Mira natürlich mehr Informationen. Sie ist selber Erzieherin, und hat ihr Studium damals tatsächlich auch mit einer Doktorarbeit über kindliche Verhaltensprobleme und der Möglichkeit ihrer Bewältigung durch Spiele geschrieben."

„Also die perfekte Ansprechpartnerin für dich.", sagte Jackie anerkennend.

Jana nickte zufrieden.

„Nur war sie ein wenig zu neugierig." Sie schüttelte den Kopf, lächelte aber immer noch. „Es hat auch nicht lange gedauert und sie wusste von dem eigentlichen Problem. Hat mich durch geschickte Fragen dazu gebracht ihr alles zu offenbaren. Ich war sowas von sauer!" Sie stieß Luft aus. „Mehr auf mich selber, als auf Mira, allerdings. Das muss ich zugeben."

Jana hatte inzwischen wieder nach der Zigarettenschachtel gegriffen, wiegte die mittlerweile sehr leichte Packung in ihren Händen. Ihr Blick ruhte dabei auf dem Boden vor sich.

Jackie öffnete eine Schublade, direkt unter der Tischplatte. Sie holte eine neue Schachtel heraus, entfernte die Folie.

„Gab es deswegen Probleme? Weil Mira es dann wusste?", fragte sie.

„Nicht, wenn du damit Ärger verbindest.", sagte Jana und nahm eine Zigarette, die vorletzte aus der Schachtel in ihren Händen. Sie entzündete sie, und gab dann Jackie Feuer, die sich ebenfalls ein Stäbchen zwischen die Lippen gesteckt hatte.

„Mira hat mir mit wirklich guten Tipps geholfen. Sie meinte auch, dass sie gerne mal zu Besuch kommen und mit uns beiden reden könnte." Das Wort reden betonte Jana auf besondere Weise.

Jackie horchte auf.

„Reden?" Die Betonung, als sie das Wort wiederholte, war dieselbe, die auch Jana verwendet hatte.

„Ja, reden."

Anschließend berichtete Jana von Mira's Besuch, dem sie leider ein wenig zu unüberlegt zugestimmt hatte.

Der Abend hatte nett begonnen. Sie hatten Essen bestellt, und es sich anschließend im Wohnzimmer bequem gemacht. Die HiFi-Anlage sorgte für angenehme musikalische Unterhaltung.

„Zuerst haben wir auch wirklich nur geredet.", sagte Jana. „Die Stimmung war locker, ein paar Gläser Wein hatten dazu beigetragen. Aber plötzlich hatte Mira die Idee über unsere Unterhaltung zu sprechen. Ich weiß noch, wie mir der Unterkiefer herunterklappte, als sie meinte, dass sie die Botschaft sofort verstanden hätte. Und dann fing sie auch schon an, ihre Bluse zu öffnen."

Jackie's Augen wurden wieder groß. An Jana's Gesicht konnte sie erkennen, dass ihr das Erzählte peinlich war.

Sowohl damals als auch noch heute schien ihr

Mira's Verhalten Unbehagen zu bereiten.

„Ich war wie erstarrt, konnte mich nicht rühren. Ich musste wirklich mitansehen, wie Mira einen Knopf nach dem anderen öffnete." Jana blickte starr vor sich hin, als würde sie das Geschehen von damals erneut erleben. „Und dann handelte Johannes."

Ihr Mann war wie meistens auch in diesem Augenblick ein vollkommener Gentleman gewesen.

Während Jana selber durch die Situation geschockt und unfähig gewesen war, ihrer offensichtlich sehr freizügigen Freundin entgegen zu treten, war es Johannes gewesen, der dann die Situation entschärft hatte.

„Das hat Jana wahrscheinlich nicht gemeint.", wiederholte Jana die Worte ihres Ehemannes. „Er hat das damals ganz ruhig gesagt. Ich glaube, dass er sogar ein wenig amüsiert gewesen ist. Und es war Mira auch nicht peinlich gewesen."

Von Jackie folgte auf diese Feststellung ein fragender Blick, gepaart mit einem „Echt?"

„Ja. Mira war während ihres Studiums gelegentlich in exotischen Tanzclubs aufgetreten. Deshalb ist sie ein wenig entspannter, was ihre Offenheit betrifft. Aber, dass sie soweit gehen würde, das habe ich nicht gewusst.

Der Rest des Abends war dann ein wenig angespannt. Nachdem Mira ihre Bluse wieder geschlossen hatte, war Jo in den Keller gegangen, um eine neue Flasche Wein zu holen."

Jana berichtete, wie Mira damals Johannes' Abwesenheit für ein kurzes Gespräch unter Frauen genutzt hatte.

„Zuerst hatte sie sich entschuldigt, und dann erneut wegen meinem Vorhaben nachgefragt. Sie wollte wissen, was genau ich plane. Ich erklärte es ihr, zumindest ansatzweise. Und dann hatte Mira mir den besten, wichtigsten Tipp gegeben.

„Habt einfach Spaß miteinander! Lasst euch gegenseitig voneinander führen!"

Das waren ihre Worte gewesen." Die Filipina lächelte ihrer Zuhörerin zu. In ihren Augen lag ein Funkeln. „Und das hab ich dann auch einfach als grundsätzliche Regel für mein Spiel genutzt."

Jackie's Blick zeigte, dass sie mehr wissen wollte.

„Im Prinzip war das Ganze recht einfach.", sagte Jana. „Jede Beziehung basiert auf Vertrauen zueinander. Man will einen Partner der weiß was er selber will, aber immer dazu bereit ist auch aufrichtig die Wünsche des anderen vollends zu erfüllen."

Jackie nickte.

„Das wünscht sich doch jeder.", sagte sie.

„Aber", ergänzte die Filipina. „wenn irgendetwas dieses Vertrauen erschüttert, dann kann sich das Gleichgewicht verschieben. Dann kann man sich nicht mehr vollends auf den anderen einlassen. Selbst wenn die Liebe ungebrochen ist, fehlt dann etwas in der Beziehung."

„Ja, das Vertrauen.", bestätigte Jackie. „Und was hast du dann unternommen?"

Jana nahm sich die letzte Zigarette aus der Schachtel und entzündete sie. Sie holte tief Luft und setzte zum Sprechen an, als ein leises Klingeln aus dem Empfangsbereich erklang.

Jackie's Kollege kehrte mit dem bestellten Essen in den Laden zurück. Der Duft von chinesischen Nudeln, Fleisch und Gewürzen wurde, trotz des Vorhangs, von einem Windhauch in den Raum getragen.

Sofort konnte man eine laute Meldung von Jana's Magen vernehmen.

Jackie lachte laut auf, als sie das hörbare Knurren vernahm.

„Wir warten!", rief sie nach vorne.

Vorsichtig schob der blonde Mitarbeiter den Vorhang beiseite und betrat das Arbeitszimmer. Er stellte den Beutel mit dem großen asiatischen Schriftzeichen auf den immer noch in Liegeposition befindlichen Stuhl.

„Lasst es euch schmecken!", sagte er, nachdem er seine Portion herausgenommen hatte. Dann verschwand er wieder nach vorne.

„Du hast Hunger?", fragte Jackie grinsend, und packte die vier Pappschachteln mit asiatischem Essen aus.

Als sie die erste Schachtel öffnete stieg Jana der köstliche Duft von vertrauten orientalischen Gewürzen in die Nase. Wieder knurrte ihr der Magen viel zu laut.

Sie beeilte sich mit ihrer Zigarette, drückte sie dann im Aschenbecher aus. Zufrieden nahm sie sich eine der Schachteln.

Nachdem sie ihren ersten Hunger gestillt hatte, begann sie wieder zu erzählen.

„Ich hatte also mittlerweile erkannt, woran unser Problem eigentlich lag.", sagte sie, und schmatzte dabei ein wenig. „Jo und ich liebten uns unvermindert, hatten aber eine Art Blockade. Unser Verlangen nacheinander war immer noch da, aber durch seinen Seitensprung hatten wir irgendwie ein Problem damit, uns einander vollkommen hinzugeben."

Jackie nickte verstehend, während sie ihre Essstäbchen wie eine Gabel verwendete um einen widerspenstigen Fleischkloß aufzuspießen.

Die Filipina erklärte, dass sie daher den Plan ersonnen hatte, mittels eines regelgebundenen

Spieles ihren Mann und sich selber dazu zu bringen, einander wieder ungehindert vertrauen zu können.

„Aha.", machte Jackie. „Und es hat offensichtlich geklappt."

Jana lächelte vielsagend.

„Zuerst galt es noch ein paar Vorkehrungen zu treffen.", sagte sie. „Unter anderem musste ich eine Möglichkeit finden mit der wir gewissermaßen die Sicherheit hatten, dass nicht nur einer die Oberhand hatte.

In dieser Hinsicht sind Jo und ich nämlich ein wenig selbstsüchtig.", gab Jana zu. „Es gefällt uns irgendwie den anderen zu dominieren. Wenn aber nur einer die ganze Zeit das Sagen hat, dann würde der andere vielleicht irgendwann keinen Spaß mehr haben.

Daher entschied ich mich für ein Punktesystem durch Würfeln."

„Da bin ich mal gespannt.", gab Jackie neugierig zu.

Sie konnte zwar verstehen, dass man sich beim

Würfeln abwechseln musste. Aber wie daraus Jana's Tätowierung entstehen konnte, war der jungen Frau nach wie vor unklar.

„Es ist eigentlich ganz leicht.", meinte Jana zwischen zwei Bissen. „Wie beim Kniffeln würfelt man drei Mal, mit fünf Würfeln. Man versucht eine möglichst hohe Punktzahl zu erreichen. Wer mit drei Würfen das höhere Ergebnis erspielt, bekommt dann einen Punkt.

Allerdings geht es nicht darum ein Blatt Papier mit den Ergebnissen auszufüllen und zu siegen. Die Punkte sind zwar wichtig, aber noch wichtiger ist das Einsetzen der erwürfelten Punkte."

„Und wie und wofür nutzt man seine Punkte?" Jackie wurde offensichtlich immer neugieriger.

Ein breites Grinsen legte sich auf Jana's Gesicht, als sie erzählte, auf was sie und Johannes sich geeinigt hatten.

„Zuallererst muss man sammeln."

Jana erklärte, dass sie und Johannes vor dem gemeinsamen Spiel entschieden hatten, dass man mehr als einen Punkt bräuchte. Ansonsten wäre das ganze Spiel kaum reizvoller als ein normales Gespräch, bei dem man voneinander Zärtlichkeiten erbat und austauschte.

„Für drei gesammelte Punkte, zum Beispiel, darf man vom anderen etwas verlangen, was dieser sofort umsetzen muss."

Die andere Frau schluckte eine Ladung Nudeln herunter und blickte Jana an.

„Egal was?", fragte sie ungläubig.

Jana nickte.

„Wenn man sechs Punkte hat, wünscht man sich etwas, was etwas zeitaufwendiger ist. Dadurch kam auch die Tätowierung zustande.

Voraussetzung dabei ist natürlich, dass man selber auch mit der Forderung einverstanden ist, das versteht sich. Aber wenn man dem anderen vertraut, oder, wie in unserem Fall, das Vertrauen wieder aufbauen will, dann akzeptiert man es eben. Versucht es jedenfalls.

Und wenn man bis auf neun Punkte ansammelt ..." Jana machte eine kurze Pause und seufzte sehnsüchtig. „dann darf man eine eigene Spielregel hinzufügen."

Jackie hatte ihre Essensschachtel geleert und nahm sich ihre Flasche mit Eistee. Sie trank einen Schluck und überlegte, ob sie selber sich auf ein solches Spiel einlassen würde.

Auf jeden Fall klang es interessant.

„Aber war das nicht ein wenig riskant?", fragte sie schließlich. „Johannes hätte doch wer-weiß-was von dir verlangen können."

Jana grinste vielsagend.

„Zugegeben, das Vertrauen in den anderen wird schon ziemlich herausgefordert. Allerdings beruht das auf Gegenseitigkeit, Jackie."

Verstehend nickte die Tätowiererin wieder.

Wenn man sich die aufgezählten Regeln genau betrachtete, brauchten beide tatsächlich einfach nur Würfelglück, und keiner hatte wirklich einen Vorteil. Geübte Spieler vielleicht, aber für normale Personen konnte sich damit ein wirklich anregendes Spiel ergeben.

„Und wann habt ihr das dann durchgezogen?"

Jana kicherte.

„Vor zwei Wochen. Wir begannen an unserem siebten Hochzeitstag."

Jana lachte, als sie Jackie's ungläubigen Blick sah.

„Erzähl mir alles.", entfuhr es der Tätowiererin. Ihr Blick glich beinahe dem eines bettelnden Hündchens.

Wieder musste Jana lachen, nahm dann eine von Jackie angebotene Zigarette, und begann mit dem Bericht von den planungsreichen Wochen vor Johannes' und ihrem siebten Hochzeitstag.

Damals war eine kritische Situation eingetreten.

Jana hatte einen Punkt in ihren Vorbereitungen noch nicht wirklich bedacht. Wie jedes Jahr hatten sich nämlich ihre und Johannes' Eltern zum Besuch angemeldet. Immerhin stand eine Familienfeier an.

Somit hatte die Filipina vor dem Problem gestanden, wie sie das inzwischen fast vollständig ausgearbeitete Spiel mit Johannes durchziehen würde können. Die Anwesenheit der eigenen, der Schwiegereltern und der Kinder wäre dabei gewiss nicht hilfreich gewesen.

„Johannes konnte ich nicht um Rat fragen.", erklärte Jana. „Er wusste zwar schon, dass ich irgendetwas geplant hatte. Aber die Details und die zu erwartende pikante Natur des Vorhabens waren ihm noch nicht bekannt."

„Also hast du es vor ihm verheimlicht?" Jackie drückte ihre Zigarette aus, warf noch einen Blick auf die Tätowierung. „War er denn nicht stutzig geworden, als Mira da gewesen war?"

„Ein bisschen schon.", gestand Jana.

Als Mira an dem betreffenden Abend gegangen war, hatte Johannes seine Frau wegen dem seltsamen Verhalten der anderen Filipina zur Rede gestellt. Es schien ihm sehr sonderbar, dass eine „gute Bekannte" seiner Frau sich bei einem Besuch plötzlich zu entkleiden begann.

Jana hatte ihm dann die Hintergründe erklärt, zumindest teilweise.

Sie hatte ihm gegenüber ihre Gedanken offengelegt, hatte ausgesprochen, was ihr auf dem Herzen lag.

Auch hatte sie über ihr Vorhaben gesprochen, etwas unternehmen zu wollen, um wieder den Spaß in ihre körperlichen Aktivitäten zurückzubringen. Sie gab auch zu, mit Mira geredet zu haben, und dass diese das Gespräch offensichtlich als Angebot falsch interpretiert hatte. Und dieses kleine Missverständnis hatte wohl zu ihrer offenherzigen Aktion geführt.

„Als ich ihm das alles erklärt hatte", ergänzte die Filipina dann. „da hat er mich umarmt, mich herzlich geküsst. Und dann sagte er noch, dass er schon darauf gespannt sei."

Mit dieser Geste ihres Mannes hatte Jana damals nicht gerechnet, so dass es sie direkt ins Herz getroffen hatte. Nur einen Moment später hatte sie es wieder geschafft, Johannes in einem Ansturm der Leidenschaft anzufallen.

Glücklicherweise hatten sie bereits auf der Couch gesessen, so dass der größere Mann sich lediglich etwas überrascht zurücksinken lassen musste. Allerdings hatten die beiden ihre Wildheit ein wenig unterschätzt, so dass sie nach kurzer Zeit von dem bequemen Sitzmöbel heruntergerollt waren.

Im Taumel ihrer Leidenschaft jedoch hatten sich Jana und Johannes dadurch nicht stören lassen. Zu groß war ihr Verlangen gewesen, den anderen endlich wieder in allen Facetten genießen zu können.

„Dann hatte Mira's Besuch und die Tatsache, dass du mit ihr offen über euer Problem geredet hattest, also doch etwas Gutes?"

Jackie blickte die Filipina an, die ihr ein zauberhaftes Lächeln schenkte. Eine plötzliche Woge starker Zuneigung zu der exotischen Frau durchflutete die Tätowiererin.

Schnell lenkte sie das Gespräch wieder in die richtigen Bahnen.

„Und was hast du dann wegen eurer Eltern unternommen?"

Jana erzählte, wie sie telefonisch bei ihnen angefragt hatte, ob sie sich eventuell mit Rico und

Emmalyn in einem Hotel einquartieren würden. Auf Rückfragen, weshalb dies notwendig sei, erklärte sie, dass Johannes und sie etwas Zeit für sich bräuchten.

„Zuerst waren seine Eltern noch ein wenig widerspenstig gewesen.", fügte Jana hinzu. „Sie hatten uns alle nun schon länger nicht gesehen, und waren davon überzeugt, dass sie bei eventuellen Problemen in unserer Ehe besser helfen könnten, wenn sie dabei wären. Aber schließlich schaffte ich es doch etwas auszuhandeln. Wenn sie im Hotel blieben, schlug ich vor, dass wir jeden Tag gemeinsam zum Mittagessen gehen würden, und es dann auch immer bei uns Kaffee und Kuchen gäbe."

Dieses Angebot nahmen ihre und auch Johannes' Eltern dann an.

Somit hatte Jana die letzten Vorbereitungen in ihrer Planung fast vollständig abgeschlossen.

Die Kinder würden bei den Großeltern im Hotel gewiss viel Spaß haben, und die Großeltern waren so auch gleich mit beschäftigt. Das Hotel hatte Jana während der Telefonate im Internet ausfindig machen können, und nach der Absprache auch gleich die Zimmer für je eine Woche gebucht.

Dennoch hatte Jana noch einen letzten wichtigen Punkt zu klären.

„Am Wochenende vor dem Hochzeitstag trat ich dann mit einer Bitte an Jo heran." Jana tupfte vorsichtig mit einem Tuch an der Tätowierung herum. „Es war ein wenig riskant, aber ich musste es ansprechen.

Ich wollte dass er versuchte, in der Woche nach unserem Hochzeitstag einige freie Tage herauszuschlagen. Am liebsten wäre ich ja die ganze Woche mit ihm ungestört gewesen, aber das sah ich als unwahrscheinlich an.

Als Jo dann einräumte, dass im Büro viel Arbeit liegen bleiben würde, sank meine Laune langsam ab. Das muss er dann gemerkt haben, denn er streichelte meine Wange und versprach, es einfach zu versuchen."

Während dieser Worte hatte Jackie einen Blick

auf die Tätowierung geworfen. Mittlerweile waren die Form des Phönix und des Herzens vollendet. Die Details des Feuervogels hatte sie zur Gänze herausgearbeitet, und die Flammen sahen unglaublich realistisch aus, wenngleich dem Werk noch die Farbe fehlte.

„Wir warten noch etwas, bevor wir weiterarbeiten.", sagte die Tätowiererin, mit einem traurigen Lächeln auf den Lippen.

Eigentlich hätte sie inzwischen problemlos die abschließenden Arbeiten durchführen können. Doch sie wollte noch mehr über Jana's Plan erfahren. Und der Gedanke, dass ihr Termin schon bald vorüber sein würde gefiel ihr gar nicht.

„Was kam denn bei den freien Tagen raus?", fragte sie schließlich.

Jana steckte sich eine neue Zigarette an.

„Jo konnte bei seinem Chef drei Tage zusätzlich herausschlagen. Allerdings musste er dafür in der Woche davor, bis zum Donnerstag, noch einige Überstunden schieben." Jana lächelte wieder. „Als er mir das sagte, habe ich ihm nur einen

Kuss aufgedrückt und ihm dann versprochen, dass es sich gewiss für uns beide lohnen würde."

Diese Ankündigung hatte Johannes dann ein wenig stutzig gemacht, und er wollte mehr Informationen aus Jana herausbekommen. Diese hatte jedoch beschlossen, ihm ihre Überraschung erst in der Nacht des siebten Hochzeitstages zu offenbaren.

„Als ich mich aber weigerte ihm mehr zu sagen" Ein leises Kichern begleitete ihre Ausführungen nun. „hatte er plötzlich dieses Funkeln in den Augen. Das kenne ich. Es bedeutet immer, dass er frech werden will."

Mit einem breiten Grinsen schilderte Jana, wie Johannes sie dann auszukitzeln begonnen hatte. Es musste bestimmt fünfzehn Minuten gedauert haben, bis sie schließlich teilweise aufgab. Auf der Couch liegend, in seinen Armen nach Luft schnappend hatte sie ihm dann einige Punkte ihres Vorhabens offengelegt. Unter anderem gehörte die Ausquartierung der Eltern und der Kinder zu dem, was sie ihm anvertraute.

Ihren eigentlichen Plan, der nur sie beide alleine betraf, hatte sie nur nebenbei kurz angerissen, mit den Worten dass sie „etwas ganz Neues" ausprobieren wollen würde.

Jackie's Augen hafteten an Jana's verträumten Lächeln. Sie sah aus, als wenn sie sich wieder vollständig in diesem Moment vor ein paar Wochen befinden würde.

„Und wie hat er darauf reagiert?", wollte die Tätowiererin wissen.

Im Geheimen stellte sie sich vor, was sie selber auf eine solche Ankündigung erwidern würde. Kein Mann in ihrer Vergangenheit hatte jemals Ähnliches versucht. Allen war meist nur der schnelle Sex wichtig gewesen.

Manchmal fragte sich Jackie ob ihr fortwährendes Single-Dasein vielleicht sogar eine Art unterbewusste Schutzvorkehrung war. Dass ihr Verstand die Führung übernommen hatte, um sie vor weiteren Enttäuschungen und Verletzungen zu bewahren.

„Neugierig war Jo trotzdem immer noch.", gestand die Filipina lächelnd. „Aber er versprach, dass er sich nur zu gerne von mir überraschen lassen wollte. An seinem Blick konnte ich aber trotzdem erkennen, dass er ein wenig skeptisch war."

Seit dem Seitensprung waren inzwischen knapp vier Jahre vergangen. Jana's Familie war Johannes gegenüber wieder etwas zugänglicher geworden. Aber es war über die Jahre nicht leicht für ihn gewesen.

In all der Zeit hatte sich das Problem zwischen Jana und ihm leider hartnäckig aufrecht erhalten, abgesehen von den Ausbrüchen, die sie beide dann immer sehr genossen.

Mit der Zeit hatte Johannes sich mit der Situation irgendwie abgefunden. Er liebte seine schöne exotische Frau, genoss jede Minute mit ihr. Er liebte auch die gemeinsamen Kinder. Und er hatte sich selbst geschworen, für immer mit seiner kleinen Familie zusammen zu sein.

Johnnes hatte, nach all den Jahren des fehlenden leidenschaftlichen Vertrauens, mit diesem

Zustand offensichtlich seinen Frieden geschlossen. Es war seine Schuld gewesen, das war ihm bewusst.

Aber wenn Jana einen neuen Versuch starten wollte es zu ändern, dann wollte er ihr auf keinen Fall widersprechen.

Sie drückten ihre Zigaretten im Aschenbecher aus, den Jackie mittlerweile geleert hatte, und Jana nahm wieder auf dem Stuhl Platz.

„Johannes hatte also aufgegeben?", fragte Jackie noch einmal nach, während sie die Tätowiermaschine wieder in die Hand nahm.

Der Tag war bereits weit fortgeschritten, und es war nun langsam Zeit die Arbeit an der Tätowierung abzuschließen.

„Nicht wirklich aufgegeben.", sagte Jana. Sie hatte sich auf die Ellenbogen gestützt, versuchte Jackie's Fortschritte zu verfolgen. Im Laufe der Sitzung hatte sie festgestellt, dass die Schmerzen gar nicht so schlimm waren, wenn sie der Arbeit der anderen Frau folgte.

„Jo hatte sich einfach mit der Situation abgefunden. Ich weiß nicht, warum." Sie beobachtete, wie Jackie die Farben umstellte. „Vielleicht sah er unser Problem auch als Strafe des Schicksals. Er gab sich sowieso die Schuld, also versuchte er wohl auch nicht mehr dagegen anzukämpfen."

„Du dafür umso mehr."

Jackie sagte dies, ohne aufzublicken. Sie begann zuerst mit der Färbung des Herzens. Die schnellen Striche mit der Tätowiernadel ließen die Filipina ein wenig wimmern.

„Schon okay.", sagte Jana, als Jackie ihr einen besorgten Blick zuwarf.

Die Tätowiererin nickte und sagte: „Wir werden hier bald fertig sein, Jana. Also bleibt leider nicht mehr viel Zeit für deine Geschichte. Wie war das denn, als ihr euer Spiel dann durchgezogen habt?"

Das Lächeln kehrte wieder auf das Gesicht der Filipina zurück, als sie vom Abend des Hochzeitstages zu erzählen begann.

Kapitel IV

A m Abend des Hochzeitstages waren Johannes' und Jana's Eltern schon frühzeitig ins Hotel aufgebrochen.

Zu fortgeschrittener Stunde hatten sie noch einmal angerufen, damit Rico und Emmalyn ihren Eltern gute Nacht sagen konnten. Im Anschluss hatten die Eltern selber dem Jubiläumspaar noch einen angenehmen Abend gewünscht.

Als Jana mit diesem Abschnitt der Geschehnisse begann hatte sie ein sehnsuchtsvolles, glückliches Lächeln im Gesicht. Ihre Stimmung hatte sich entscheidend gebessert.

Nach all den unterschiedlichen Emotionen, die sie an diesem Tag durch ihre Erinnerungen abgerufen hatte, Freude, Glück, Scham, Trauer und auch Zorn, schien die junge Filipina nun schließlich ausgeglichen und entspannt.

Vielleicht lag es daran, dass die Tätowierung unmittelbar vor dem Abschluss stand. Vielleicht daran, dass die Geschehnisse, von denen sie nun zu berichten begann ihr noch so gut in Erinnerung waren. Es waren wunderbare Momente gewesen, die sie mit dem Mann erlebt hatte, der ihr so viel bedeutete.

„Zuerst saßen Jo und ich uns an dem Abend nur schweigend gegenüber. Wir hatten uns beide an den Wohnzimmertisch begeben. Dort saßen wir dann eine Weile und sahen uns nur an, bis er dann fragte, was mit der Überraschung sei."

„Du hast ihn schwitzen lassen?", fragte Jackie amüsiert.

„Nur ein bisschen.", gab Jana lächelnd zu. „Ich hatte ja keine Ahnung, wie er reagieren würde. Ein wenig nervös war mir dann schon zumute, als ich die Würfel hervorholte."

Jana hatte extra für ihr Spiel zwei Sätze mit je fünf Würfeln und einem Lederbecher organisiert. Diese hatte sie dann auf den Tisch gestellt. Johannes hatte sie fragend aber interessiert angeschaut und gefragt, was sie denn spielen wolle.

„Als ich ihm dann die Regeln erklärt habe, da wurde er wirklich neugierig." Jana beobachtete

Jackie, und sah wie sich die Mundwinkel der anderen Frau hoben. „Wie jemand anderes, den ich kürzlich kennengelernt habe."

Als sie diese Worte hinzufügte, warf ihr Jackie wieder einen kurzen schelmischen Blick zu.

„Jedenfalls haben wir uns dann auf die drei-Punkt- und sechs-Punkt-Wünsche, und die neun-Punkt-Regeln geeinigt."

Jackie blickte Jana gespannt an.

Die Filipina schloss entspannt die Augen, rief sich die Geschehnisse ins Gedächtnis.

„Und dann ging es los."

Sanfte Musik hatte das abgedunkelte Wohnzimmer erfüllt. Kerzenschein sorgte zusätzlich für eine romantische Atmosphäre.

Johannes hatte eine frische Flasche Wein geöffnet und seiner Frau den Vortritt mit den Würfeln gelassen.

„Es ist dein Spiel.", sagte er. „Außerdem heißt es ja Ladies First."

Während er ihnen beiden je ein halbes Glas

Wein einschenkte, hatte Jo den ersten Wurf seiner Frau beobachtet.

Sie erwürfelte lediglich ein paar Vieren, die sie zu behalten beschloss. Die folgenden beiden Würfe erbrachten als höchste Zahl lediglich eine einsame sechs und eine eins-zweier Kombination.

„Deine Runde, Schatz.", sagte sie ein wenig nervös, und trank einen Schluck aus ihrem Glas.

Johannes erwürfelte auf Anhieb zwei Pärchen, die er beim dritten Wurf in ein Full House verwandelte. Drei einer und zwei dreier.

„Ein Punkt für mich!" Sein Lächeln zeigte, dass ihm das Spiel offensichtlich gefiel.

Nach zwei weiteren Runden hatte Jana dann die Führung übernommen, war mit zwei Punkten voran geprescht. Die vierte Runde hatte Johannes dann mit zwei Paaren für sich entschieden.

Dann wurde es spannend.

Johannes saß nach vorne gelehnt, beobachtete Jana's Würfel. Ihr erster Wurf in dieser Runde zeigte wieder ein Paar, diesmal jedoch waren es Fünfer. Diesen gesellte sich beim zweiten Wurf eine weitere hinzu, gefolgt von der vierten beim dritten Wurf.

„Ein Vierer?", sagte Jackie lobend. „Damit hattest du ja schon die ersten drei Punkte voll."

Die Filipina lächelte.

„Jo hat dann auf Anhieb ein Full House geworfen. Gleich beim nächsten Wurf." Jana lachte. „Aber laut den Pokerregeln ist der Vierer stärker. Er hat es dann noch zweimal versucht, konnte mich aber nicht überbieten."

Jackie legte die Tätowiermaschine ab. Die Einfärbung des Herzens war abgeschlossen. Es zeigte ein kräftiges, dunkles Rot.

Bevor sie die abschließenden Arbeiten am Feuervogel beginnen würde, entschied sie erneut eine kurze Pause einzulegen.

Sie erhob sich, holte erneut den Aschenbecher und die Zigaretten herüber. Sie zündete eine für Jana an, nahm dann selber noch eine.

„Und was war dein erster Wunsch?"

„Zieh dein Shirt aus!" Jana's Stimme hatte einen sanften aber befehlenden Unterton gehabt.

Mit einem Lächeln im Gesicht hatte sie die Bewegungen ihres Mannes beobachtet, als er ihrer Aufforderung gefolgt war. Er hatte sich erhoben, und das T-Shirt absichtlich langsam ausgezogen.

Als Johannes ihr dann mit entblößtem Oberkörper gegenüber gesessen hatte, hatte Jana einen Anflug von Sehnsucht und Verlangen verspürt. Erinnerungen an ihre ersten gemeinsamen Nächte hatten unvermittelt ihr Hirn geflutet.

Die Emotionen waren einfach aufgeflammt, wie eine soeben entzündete Kerze. Die Flamme zitterte vielleicht kurz, brannte dann jedoch stetig und, wenn man sie ließ, auch ohne zu flackern.

Jana stellte zufrieden fest, dass ihr Plan bei ihr selbst zu funktionieren schien. Und dem Grinsen ihres Mannes nach ging es ihm auch so.

Mit der nächsten Runde erspielte Jana sich erneut einen Punkt. Doch danach holte sich Johannes den dritten seiner Punkte und konnte somit seinen ersten Wunsch an seine Frau aussprechen.

Er hatte sie auch nur kurz warten lassen, bevor er sie dann mit seinem Wunsch völlig überrascht hatte.

„Zuerst dachte ich ja, dass auch ich mich ausziehen sollte.", gab Jana zu. „Aber Jo wollte etwas ganz anderes. Ich sollte mit ihm tanzen."

Jackie saß mit verschränkten Beinen neben dem Tätowierstuhl und lauschte Jana's Worten.

„Tanzen?" Sie stutzte. „Exotisch, oder?"

„Nein." Jana setzte sich auf. Ihr Blick zeigte, dass sie an dem Bericht Spaß hatte. „Einfach nur tanzen."

Jana berichtete wie Johannes, nachdem er seinen Wunsch geäußert und einen gemeinsamen Tanz eingefordert hatte, an die HiFi-Anlage getreten war. Er hatte jedoch nicht einfach das Radio lauter gestellt, sondern eine CD hervorgeholt. Es war eine Hülle, die sie nicht kannte.

Zarte Pianoklänge, begleitet von Streichern, hatten die Wohnstube dann erfüllt. Und als die Stimme von ihrer liebsten philippinischen Sängerin aus den Lautsprechern drang, hatte Johannes ihre Hand genommen.

„Das war so eine Überraschung.", gestand Jana. „Ich wusste ja, dass Jo sich seit ein paar Tagen immer für ein paar Stunden im Schlafzimmer am Schreibtisch aufgehalten hatte. Aber ich wusste nicht, dass er Musik und Tanzanleitungen gesucht hatte."

Der gemeinsame Tanz zu der sanften Liebesballade ihrer Lieblingssängerin erweckte in Jana an diesem Abend den Wunsch, dass er nicht enden solle. Eine schönere Aufgabe hatte Johannes ihr nicht auferlegen können.

Dies schien ihm bewusst zu sein, denn am Ende des Liedes hatte er ihr tief in die Augen gesehen.

„Das mache ich nur für dich, Jana.", hatte er geflüstert.

Sie wusste, was er meinte. Johannes tanzte an sich nur sehr ungern. Nicht dass er keinen Rhythmus hätte. Er fand nur selber, dass er nicht gut tanzen könne.

Jackie seufzte, wobei sie eine lange Rauchfahne ausblies.

„Wie süß.", sagte sie aufrichtig.

„Ja.", bestätigte Jana. „Wenn Jo und ich tanzen, dann machen wir das hauptsächlich, wenn wir alleine sind. Nur bei ganz besonderen Anlässen kann ich ihn zu öffentlichem Tanzen zwingen."

Ein Grinsen legte sich auf ihr Gesicht, und sie blickte auf die Tätowierung.

Dies war Jackie nicht entgangen und sie fragte, ob es eine Bedeutung hatte.

„Oh ja.", gab Jana zu.

Nach dem gemeinsamen Tanz zu einem von Jana's Lieblingsliedern hatten Johannes und sie sich wieder den Würfeln zugewandt.

Jana hatte wieder schnell drei Punkte gesammelt, die sie jedoch zu sparen verkündet hatte. Ihr war eine Sache in den Sinn gekommen, die eher zur Kategorie „langfristig" gehörte. Für diese benötigte sie sechs Punkte.

Jedoch hatte Johannes plötzlich eine Glückssträhne und überholte seine Frau mit seinen Punkten. Mit Leichtigkeit hatte er plötzlich sechs Punkte angesammelt.

Ein freches Grinsen lag auf seinem Gesicht, als er einen für sie völlig unerwarteten Wunsch mit diesen Punkten abrief.

„Einmal im Monat", hatte er gefordert. „gehen wir künftig Tanzen."

Jana war bei diesen Worten die Kinnlade heruntergeklappt. Es war eines der Dinge, die sie niemals von ihrem Johannes erwartet hätte.

Mit einem freudigen „Ja" war sie dann zu ihm geeilt, und hatte ihn umarmt. Mit zärtlichen Küssen hatten beide den Wunsch dann besiegelt.

Als dann Jana ihre sechs Punkte gesammelt hatte war ihr aufgefallen, dass Johannes ihr mit seinem Wunsch zuvor gekommen war.

„Da saß ich nun, und überlegte.", gab sie zu. „Jo hatte mich auflaufen lassen. Ich hatte nämlich eigentlich einen Tanzabend fordern wollen."

Jackie lachte amüsiert.

„Scheinbar hat er dein Vorhaben erahnt. Ihr passt echt gut zusammen."

Jana nickte verliebt.

Seit ihrem ersten Zusammentreffen vor etwas über neun Jahren war sie Johannes verfallen, ebenso wie er ihr.

In all der Zeit hatten die beiden nicht voneinander lassen können. Sogar nach seinem Seitensprung waren sie eigentlich recht schnell wieder zusammengekommen. Und trotz der darauf folgenden Krise waren sie und er stets dazu bereit gewesen alles zu versuchen um die Beziehung wieder mit den dadurch fehlenden Punkten, gegenseitiges uneingeschränktes Vertrauen und leidenschaftlicher Hingabe, zu erfüllen.

Es hatte Jahre gedauert, aber beide waren fest entschlossen gewesen, die Beziehung am Leben zu halten.

„Was war dann also dein Wunsch gewesen?", fragte Jackie, sich noch eine Zigarette nehmend.

Jana blickte sie ernst an.

„Ich stellte eine Regel für unser Spiel auf, und

überschritt damit eine meiner Grenzen.", gestand sie mit einem zufriedenen Lächeln.

Die Tätowiererin blickte sie fragend an.

Nachdem Johannes Jana zuvor gekommen war, und einen monatlichen Tanzabend auf die Agenda gesetzt hatte, war sich die Filipina ein wenig unschlüssig. Sie wusste nicht, was sie nun fordern sollte.

Ihre Gedanken rasten. Und ganz plötzlich hatte sie dann eine Eingebung gehabt.

„Ich sammle weiter.", hatte sie verkündet.

Johannes hatte sie erst fragend angesehen, dann genickt und die Würfel ergriffen.

Nun dauerte es etwas, bis Jo wieder seine drei Punkte erreicht hatte. Er hatte Jana wieder überholt, die noch einen weiteren Punkt brauchte um mit neun Punkten eine eigene Regel aufzustellen.

Jana blickte ihn fragend an, als er seinen dritten Punkt erreicht hatte. Sein Lächeln zeigte, dass er bereits entschieden hatte, was er dieses Mal fordern würde.

Johannes strich sich über den freien Oberkörper und zog die Augenbrauen hoch.

„Zieh dein Shirt aus!"

Jana hielt sich die Hände an die Wangen, als sie an diesen Augenblick dachte. Sie hatte sich von dem Stuhl erhoben, wippte auf den Fußballen auf und ab.

„Da wart ihr aber beide ungezogen.", lachte Jackie.

„Nur ein bisschen.", erwiderte die Filipina und nahm die Hände von den Wangen. Ein freches Grinsen lag auf ihrem Gesicht. „Aber was dann kam, das war der Hammer für uns beide."

Interessiert sah die Tätowiererin sie an.

„Mit dem nächsten Wurf hatte ich einen Royal Flash. Alles da, von der zwei bis zur sechs. Und Jo sagte, dass ich damit meine neun Punkte voll habe. Ist eh nicht zu toppen, er hätte höchstens gleich ziehen können."

Jana nahm noch eine Zigarette.

„Und ich sprach es aus. Das was mir eigentlich

unmöglich erschien."

Mit glühenden Wangen hatte Jana ihre Entscheidung verkündet. Den Blick hatte sie fest auf Johannes' Gesicht gerichtet, als sie es aussprach: „Ich lege eine Regel fest. Sie lautet: Bis zum Ende!"

Johannes hatte verwundert um eine Wiederholung ihrer Worte gebeten, und eine Erklärung, was sie damit meinte.

Ein wenig beschämt hatte sie es noch einmal ausgesprochen.

„Die Regel lautet „Bis zum Ende"."

In ihren Wangen hatte Jana augenblicklich eine ungeheure Wärme aufsteigen gespürt. Ihre Erläuterung dieser selbst auferlegten Regel sorgte für ein Zittern in ihrem ganzen Körper. Aber es war eher ein Zittern der Lust und Erwartung.

„Es bedeutet dass, wenn wir jetzt etwas anfangen," Das Wort etwas betonte Jana, wodurch die eigentliche Bedeutung offensichtlich wurde. „dürfen und müssen wir es auch bis zum Abschluss durchziehen."

Die Augen ihres Mannes hatten sich während ihrer Erläuterung zu Schlitzen verengt. Ein verstehendes Lächeln lag auf seinen Zügen, als er die Würfel ergriff.

„Dann werde ich mal weiter würfeln."

Ein freudiger Unterton hatte in Jo's Worten gelegen.

Jana hatte sofort geahnt, was sein nächster Wunsch sein würde.

Dennoch musste Johannes noch eine Weile warten, da Jana innerhalb von vier Runden ihre nächsten drei Punkte erwürfelt hatte.

Ihr Blick war zu ihrem Mann gewandert. Mit einem Lächeln hatte sie sich ihr Weinglas genommen, einen Schluck getrunken.

„Mein Schatz.", hatte sie gesagt und sich über die Lippen geleckt. „Du hast noch zu viel an. Zieh deine Hose aus!"

Daraufhin hatte Johannes sich erhoben und, mit zur Musik passenden Bewegungen, sich seiner Hose entledigt. Jana hatte erneut ein Aufwallen in sich verspürt. Wieder waren ihr Bilder aus der Anfangszeit ihrer Beziehung durch das Hirn geblitzt, begleitet von Gefühlen.

Die Ungehemmtheit, das Verlangen nacheinander, welches sie und Johannes damals so genossen hatten. Die Wildheit, in Verbindung mit absoluter Hingabe. All das schien in diesem Augenblick wieder so greifbar zu sein.

Sehnsucht nach seinen Berührungen hatte Jana kurz daran denken lassen, einfach den nächsten Schritt zu machen. Schon hatte sie ihr Glas wieder abgestellt und wollte sich erheben.

Doch Jo hatte nur mahnend den Finger erhoben.

„Jetzt bin ich dran!"

Jana hatte wieder auf dem Stuhl Platz genommen, damit Jackie die Färbung des Phönix in Angriff nehmen konnte.

„Also hättest du ihn am liebsten gleich genommen?"

„Ich war heiß.", gab Jana zu. „Aber Johannes

hatte was Bestimmtes vor. Und meine Regel gab ihm die Möglichkeit, endlich seinen Willen durchzusetzen."

Jackie fragte neugierig, was sein Wunsch gewesen war.

„Etwas, das ich bislang hatte immer umgehen können." Ein Anflug von Schamesröte legte sich wieder auf die Wangen der Filipina. „Er hatte es schon immer mal auf ganz bestimmte Art machen wollen. Aber ich war da recht bestimmt, und hab es ihn bis zu dem Abend nicht durchziehen lassen."

Jana seufzte lang und tief.

Die Würfel fielen zum dritten Mal. Ein Full House lag vor Johannes. Drei Sechser und zwei Vierer, die Jana's bisherige Weigerung an dieser einen Sache zunichte machten.

„Du kennst meinen Wunsch, Schatz."

In Jo's Augen glitzerte ein Verlangen, welches er seit Jahren hatte. Jana wusste genau, dass sie es irgendwie herausgefordert hatte.

Mit einem betretenen Lächeln trank sie noch einen Schluck Wein, und ging dann um den Tisch herum.

Ein wohliges Zittern erfüllte ihren Leib als Jo ihr die Hose und den Tanga abstreifte. Sie hatte sich hingelegt, versuchte ihre Scham mit den Händen zu verbergen.

Johannes schob sanft ihre Hände beiseite.

Dann spürte sie auch schon seinen heißen Atem zwischen ihren Schenkeln.

Jackie hatte ihre Arbeit unterbrochen und sah Jana ungläubig an. Das konnte sie kaum glauben.

„Ihr wart neun Jahre zusammen, Jana." In den Worten der Tätowiererin war die Verblüffung deutlich zu hören. „Du hast ihn nie ...?"

„Ich kannte das bisher nicht so." Die Worte der Filipina waren erfüllt von Scham. „In meinen früheren Beziehungen, vor Johannes, da hat das nie einer machen wollen."

Jana erklärte Jackie, dass ihre Partner vor Johannes zwar oft auf Oralverkehr bestanden hatten, aber es immer nur einseitig gewesen war. Die dauernde Weigerung der jungen Männer, die Handlung zu erwidern, schien stets allgegenwärtig. So dass sie mit der Zeit selber davon ausging, dass es so ganz normal sei.

Damals waren es für sie prägende Erfahrungen gewesen. So prägend, dass sie es für selbstverständlich gehalten hatte. Ein männliches Phänomen eben.

Als Johannes es dann das erste Mal angesprochen hatte, dass er es bei Jana mit der Zunge machen wollte, war sie eingeschüchtert gewesen. Dass er sie dort küsste war okay, aber mit der Zunge hatte sie es ihm stets untersagt.

Aber an diesem Abend hatte Jo endlich seinen Willen durchgesetzt. Und es war fantastisch gewesen. Schöner, als sie es sich je hatte vorstellen können.

„So intensiv bin ich lange nicht gekommen.", gestand Jana mit schamroten Wangen.

Mit beiden Händen hatte sie Johannes' Kopf zwischen ihre Schenkel gepresst, als sie den Höhepunkt erreichte. Ihren Unterleib in dauernder Bewegung hatte Jana laut ihre Lust heraus gestöhnt. Es war eine solche Erleichterung, dass es ihr egal war, ob es irgendjemand hören würde.

Auch Johannes hatte seinen Spaß gehabt. Mit beiden Händen hatte er ihre Oberschenkel festgehalten, damit Jana ihm nicht entkommen konnte. Mit schnellen sanften Kreisbewegungen hatte er ihren Kitzler stimuliert, bis er merkte, dass seine Frau kurz vor dem Höhepunkt war. Und zum richtigen Moment war er mit seiner Zunge in sie eingedrungen, so tief er konnte, machte flatternde Bewegungen. Er genoss den Geschmack, nach dem er sich immer gesehnt hatte.

Als ihr lustvolles Stöhnen dann langsam nachließ, hatte Jo ihre Oberschenkel freigegeben und sie nur frech angelächelt.

Seinen Blick erwidernd, ebenfalls ein freches Lächeln auf den Lippen, hatte sie Johannes dann nach oben gezogen, und ihn wild geküsst, ihre Zunge tief in seinen Mund geschoben. Dass sie dabei zusätzlich ihren eigenen Geschmack koste-te, war ihr einerlei gewesen.

Was in diesem Augenblick gezählt hatte, war das gegenseitige Vertrauen, welches die beiden inzwischen wieder aufgebaut hatten. Es war, als würden sie die Steine, aus welchen die Blockade aufgeschichtet worden war, nun neu verlegen. Für eine stabile Verbindung zwischen einander.

„Ich denke, du bist dran, Jana.", hatte Jo ge-sagt, und ihr tief in die dunklen Augen geblickt. „Die Würfel warten."

Doch Jana hatte in diesem Augenblick ganz andere Gedanken gehabt, als weiter zu würfeln.

Jackie holte tief Luft als sie die Tätowiermaschine beiseite legte.

„Wir sind fertig, Jana.", sagte sie mit belegter Stimme.

In sich fühlte die junge Frau einen tiefen Schmerz, als sie die Worte ausgesprochen hatte. Ihr war beinahe so, als würden sie den Abschied eines engen Freundes einläuten. Und sie hatte dieses Gefühl tatsächlich.

Die Filipina ließ sich langsam von dem Stuhl herab, war ein wenig zittrig auf den Beinen.

„Gefällt es ihm?", fragte Jackie und schob Jana sanft in Richtung des Spiegels.

Die exotische Frau stellte sich schräg zu dem von dem Drachenrahmen gestützten Spiegel und betrachtete ihren linken Oberschenkel.

„Der Hammer."

Die Begeisterung in ihrem Blick zu sehen ließ Jackie's Herz höher schlagen.

Jana drehte sich zu ihr um und sah ihr tief in die Augen.

Einen langen Augenblick blickten sie sich an.

Dann umarmte die Filipina die junge Frau, hielt sie für ein paar Minuten in den Armen.

Als Jana ihr für die gute Arbeit dankte strich der warme Atem der exotischen Frau über Jackie's Hals. Ein wohliger Schauer durchlief ihren Körper.

„Nichts zu danken, Jana.", flüsterte sie und erwiderte die Umarmung.

Während sie der Filipina Hinweise zur Pflege der Tätowierung in den ersten Tagen und Wochen gab, machte sich ein schmerzliches Gefühl in den beiden Frauen breit. Sie hatten einander lieb gewonnen, standen sich auf eine Art nahe, wie es nur selten geschah.

Jana griff zögernd nach der Schachtel Zigaretten.

„Magst du noch wissen, was dann am nächsten Tag geschehen ist?"

Jackie nickte freudig und gab der Filipina Feuer, die sie frech anlächelte.

„Ich wurde von einem leisen Schnarchen geweckt.", erzählte Jana lachend. „Jo hatte sich in der Nacht an meinen Rücken geschmiegt, und sein Gesicht befand sich direkt auf Ohrhöhe."

Die Filipina berichtete, wie sie am Morgen nach der ersten Nacht des Spieles erwachte.

„Wir lagen immer noch auf der Couch, hatten uns auch am Abend zuvor noch mit den Würfeln beschäftigt." Jana lachte, als sie sich an eines der

Würfelergebnisse erinnerte. „Tatsächlich hatte Jo festgelegt, dass wir beide an diesen Tagen keine Kleidung mehr tragen sollten."

„Überhaupt keine?", fragte Jackie überrascht.

Jana nickte, zündete sich eine weitere Zigarette an, und berichtete weiter.

Johannes hatte die Nacktheitsregel im Laufe der Nacht festgelegt, die sich jedoch nur auf die Zeit bezog, wenn sie alleine zuhause waren. Beide hatten daran ihren Spaß gehabt und jeden Moment miteinander intensiv genossen. Und auch an diesem folgenden Morgen hatten Johannes und Jana sich am gegenseitigen Anblick sehr erfreut.

Nur als Jana ihre morgendliche Zigarette hatte rauchen wollen, hatte sie sich einen langen Morgenmantel übergeworfen. Es war frisch gewesen, aber die kühle Morgenluft hatte ihr ein paar weitere Eingebungen für das Würfelspiel verschafft.

„Als ich dann wieder in das Wohnzimmer gekommen war, und den Morgenmantel von meinem Körper gleiten ließ", sagte sie. „hatte Jo offensichtlich auch schon wieder eine Idee bekommen. Ich habe es an seinen Augen erkennen können."

Die folgende Würfelrunde hatte eine Weile gedauert, aber schließlich hatte Johannes seinen sechsten Punkt erreicht.

Er hatte Jana zu sich gezogen, die sich breitbeinig auf seinen Schoß gesetzt hatte, ihr Gesicht seinem zugewandt. Ihre Atmung war schwer, denn irgendwie vermutete sie bereits, dass er eine bestimmte Handlung von ihr hatte fordern wollen. Doch wie schon am Abend zuvor, wo Johannes sie mit dem Tanz überrascht hatte, irrte sie sich auch in diesem Moment.

„Jo hatte dann diesen Blick gezeigt, und mich angefunkelt. Und dann, als ich schon fragen wollte, was er sich nun wünschte, da meinte er, dass ich mir eine Tätowierung machen lassen sollte."

Zuerst war die Filipina sprachlos gewesen, hatte mit ihrer Antwort gezögert. Aber schließlich hatte sie mit erröteten Wangen zugestimmt, Johannes Wunsch zu erfüllen.

Jackie lauschte Jana's Worten. Sie versuchte jedes Wort aufzunehmen, doch ihre Gedanken hatten entschieden einen anderen Weg zu gehen. So sehr die Tätowiererin auch versuchte der weteren Erzählung der Filipina zu folgen, drängte etwas in ihr in eine andere Richtung.

Sie wollte nicht, dass Jana aus ihrem Leben verschwand. Wollte die junge Frau nicht gehen lassen.

Es war ein Gedankengang, der Jackie zutiefst verunsicherte. Nicht weil sie Angst hatte Jana nicht mehr wiederzusehen. Was sie erschreckte war, dass sie eine solche Zuneigung zu einer Frau entwickelt hatte.

War das eventuell eine neue Neigung?

„Jackie?"

Die Tätowiererin erschrak. Die bis zum Filter heruntergeglühte Zigarette fiel ihr aus der Hand.

Überrascht bemerkte sie, dass es nun Jana war, die sie besorgt anblickte.

„Ist alles okay, Jackie?", fragte sie.

„Ja.", stotterte die Tätowiererin. „Mir ist nur

gerade eingefallen, dass ich später noch einen wichtigen Termin habe. Ich bekomme heute Abend noch Besuch."

Mit einem Seufzen und einem freundlichen Lächeln sagte sie, dass Jana vielleicht nun doch besser gehen sollte.

Nachdem sie mit vorsichtigen Bewegungen eine schützende Klarsichtfolie über die Tätowierung geklebt hatten, zog Jana ihre Hose wieder an.

Jackie schüttelte kurz den Kopf, kaum merklich. Sie hatte erkannt, dass sie die Filipina die ganze Zeit angestarrt hatte.

Die Tätowiererin begleitete die exotische Frau noch zur Eingangstür.

„Nächste Woche, da werde ich vielleicht nicht da sein, Jana.", sagte Jackie dann. „Wegen dem Termin zum Nachschauen, meine ich."

Jana blickte sie fragend an.

„Ist wirklich alles okay, Jackie?"

Die Filipina spürte, dass etwas die andere Frau beschäftigte.

Jackie umarmte Jana noch einmal, atmete tief das Aroma der Filipina ein.

„Alles okay.", sagte sie. „Mach dir keine Gedanken. Und grüß deinen Jo von mir."

Dann verabschiedeten sie sich voneinander.

Als Jana an diesem Tag heimkehrte, waren ihre Gedanken in Aufruhr.

Sie machte sich Sorgen um Jackie. Diese hatte sich zum Abschied so seltsam verhalten.

Jana wusste nicht, was die junge Tätowiererin so aufgewühlt hatte.

War es wegen der Erzählungen? War es wegen der Tatsache, dass der Termin so lange gedauert hatte? Hatte Jana eventuell zu viel preisgegeben? War eine Grenze übertreten worden?

Jana durchquerte das Erdgeschoss des Hauses, in welchem sie mit Johannes und den Kindern lebte. Heute war wieder ein Großeltern-Enkel-Abend, der dann auch am morgigen Tag fortgesetzt würde.

Ein zweisamer Abend für Johannes und sie.

Ihr Mann würde bald heimkommen.

Wie er wohl reagieren würde, wenn er das Kunstwerk zum ersten Mal sehen würde?

Die Filipina zog vorsichtig die Hose aus, darauf achtend die Tätowierung nicht zu berühren.

Das Flammenrot schimmerte unter der Folie.

Ein Anflug von Sorge und Wehmut erfasste Jana erneut.

„Was ist denn mit dir?", fragte sie sich selbst, als ihre Gedanken erneut zu Jackie abdrifteten.

Aus einem Reflex heraus wanderte Jana's Hand zu der abgedeckten Tätowierung an ihrem Bein. Vorsichtig, nur ganz sanft fuhr sie mit den Fingerspitzen ein paar der von Jackie so kunstfertig gezogenen Linien nach.

Kopfschüttelnd warf sich die Filipina einen Morgenmantel um und ging durch die Küche auf die Terrasse hinter dem Haus. Dort befand sich eine von zwei Stellen um das Haus, an denen sie sich selbst das Rauchen gestattete. Die andere Raucherinsel hatte Johannes ihr auf dem Kiesweg zur Eingangstür eingerichtet.

Die Dämmerung setzte bereits ein, als sie sich eine Zigarette anzündete.

Eine Weile stand Jana draußen, rauchte schweigend. Sie ließ ihre Augen im schwacher werdenden Schein der untergehenden Sonne über die farbenfrohen Blumenbeete in ihrem Garten wandern.

Unvermittelt erinnerte sie sich an ein Versprechen welches an diesem Tag gegeben worden war. Mit belegter Stimme und tränenfeuchten Augen, sprach sie die Worte in die Dämmerung.

„Jackie. Ich wollte doch noch die Lotosblume sehen."

Epilog

Johannes stand in der offenen Haustüre, und beobachtete, wie Jana ihre Eltern noch einmal umarmte. Er stand zu weit weg, um die gewechselten Worte zu hören. Allerdings erkannte er sehr wohl, dass Jana's Vater bei dem Gespräch in seine Richtung blickte.

Als der Wagen seiner Schwiegereltern sich langsam entfernte, und diese gemeinsam mit den Enkelkindern in einen zweiwöchigen Urlaub aufbrachen, hob Johannes winkend die Hand zum Gruß.

So richtig schienen Jana's Eltern ihm den Ausrutscher mit seiner ehemaligen Kollegin doch noch nicht vollständig verziehen zu haben. Allerdings waren sie mittlerweile, seit dem Karaoke-Abend ein wenig zugänglicher geworden. Als sie heute ankamen um Rico und Emmalyn abzuholen hatte Jana's Vater ihm immerhin schon wieder die Hand auf die Schulter gelegt, und ihre Mutter hatte ihn angelächelt.

Es war ein beschwerlicher Weg. Aber immerhin machten sie alle jedes mal einen Schritt mehr in Richtung Besserung.

Als der Wagen ihren Blicken entschwunden war kam Jana lächelnd auf ihren Johannes zu.

„Ich weiß ja was, was du nicht weißt!", sagte sie im Vorbeigehen.

Johannes folgte ihr rätselnd ins Haus, schloss die Tür hinter sich.

„Und das wäre?"

Jana lächelte nur geheimnisvoll.

„Verzeihen sie mir endlich?", erkundigte er sich.

Als Jana's Lächeln ein wenig breiter wurde und sie die Hand nach ihm ausstreckte, legte sich auch ein Lächeln auf Johannes' Gesicht. Nach inzwischen etwas über vier Jahren waren seine Schwiegereltern also offensichtlich bereit, ihm sein Vergehen wirklich zu verzeihen.

Die kalte Stimmung hatte sich viel zu lange gehalten.

„Du musst aber trotzdem noch ein bisschen

durchhalten, Schatz." Die Filipina zog ihren Ehemann nah an sich heran, führte seine Hände hinter ihren Rücken. Dann legte sie ihre Arme um seinen Hals, und blickte ihn verliebt an.

Johannes erwiderte ihren Blick.

„Das werde ich, Jana."

Eine Weile standen sie im Flur ihres Hauses, sahen einander in die Augen.

Seit ihrem siebten Hochzeitstag waren mittlerweile zweieinhalb Monate vergangen. Und es war wie in einem Traum. Die etwa dreieinhalb Jahre der Distanziertheit, in welcher das Vertrauen und die Leidenschaft sie gemieden zu haben schienen, waren nurmehr zu einer kleinen Fußnote in ihrer Ehe geworden.

Jana's Spiel hatte seine Wirkung nicht verfehlt.

Tatsächlich waren sie und Johannes nun wieder ein glückliches und verliebtes Paar. Seit sie das gemeinsame Spiel das erste Mal durchgeführt hatten war es sogar zu einer angenehmen Gewohnheit geworden. Selbstverständlich nutzten sie es hauptsächlich dann, wenn die Kinder nicht daheim waren. Doch obwohl dies meist nur ein- bis zweimal im Monat geschah, wirkte die Würfelmagie durchweg, die ganze Zeit.

Es schien als hätten die Würfel eine frische Brise in ihre Beziehung gebracht.

Johannes überlegte, ob er seine wunderschöne Frau um eine weitere Würfelpartie bitten sollte. Allerdings hatten die beiden für den Abend bereits Pläne gemacht.

Der monatliche Tanzabend stand bevor.

„Wir sollten uns wohl fertig machen.", seufzte er.

Jana blickte ihm tief in die grünen Augen. Zuneigung und Hingabe, das war es, was sie für Johannes schon immer empfunden hatte. Doch seit sie einander nun wieder so nahe waren, seit er sich auf ihr Experiment eingelassen hatte, war ihre Verbindung sogar noch intensiver geworden.

„Nicht seufzen, mein Schatz.", sagte sie frech. „Der Tanzabend war schließlich deine Idee."

„Nur, weil ich dir zuvor kam."

Johannes beugte den Kopf etwas nach unten,

während Jana sich mit den Fußballen nach oben schob. Sanft strich sie mit ihren Lippen über die seinen.

Sie teilten einen leidenschaftlich zärtlichen Kuss, dann lösten die beiden ihre Umarmung.

Jana stand vor dem Haus und rauchte eine Zigarette, während Johannes den Kombi aus der Garage fuhr. Eigentlich hatte sie sich inzwischen vorgenommen, dieses Laster abzulegen. Allerdings war dies nicht ganz so einfach. Und ein wenig nervös war sie heute auch.

Die Tätowierung an ihrem Oberschenkel sollte heute erstmalig der Blickfang werden. Seit ihrem Besuch in dem Tattoo-Studio waren nun etwa zwei Monate vergangen. Das Kunstwerk war endlich vollends verheilt.

Außerdem hatte Johannes seit Wochen endlich ein langes Wochenende. Und die Sommerferien hatten begonnen.

Alles passte zusammen.

Lächelnd beobachtete Jana ihren Mann dabei,

wie er den Wagen an der Straße vor dem Haus abstellte. Er stieg aus, lehnte sich an das Fahrzeug und begann nun seinerseits, sie zu beobachten.

Jana zog noch einmal an der Zigarette, drückte sie dann in dem Aschenbecher aus. Mit langsamen, eleganten Bewegungen ging sie dann den gekiesten Weg von der Haustür zur Straße hinunter.

In dem Cocktailkleid sah sie immer wieder atemberaubend aus.

Es war dasselbe marineblaue Kleid, welches sie damals auf der Firmenfeier getragen hatte. Nur eine kleine Änderung hatte sie an dem edlen Kleidungsstück vorgenommen. Es verfügte nun über einen aufregend langen Beinschlitz an der linken Seite. Die Öffnung endete knapp unterhalb der Hüfte. Nicht zu hoch um zu anzüglich zu wirken, aber nur so konnte man das Phönix-Herz sehen.

In strahlenden Farben prangte die Tätowierung, verlieh der Filipina noch ein wenig mehr Reiz.

Johannes' Augen ruhten auf seiner exotischen Frau, als sie näher kam.

Obwohl sie nun etwas mehr als neuneinhalb Jahre zusammen waren, war er nach all den Jahren immer noch so sehr in sie verliebt.

Während der Jahre nach seiner Rückkehr aus dem selbstgewählten Exil, wie er die Trennungsphase immer nannte, hatte er sich tatsächlich mit dem Fehlen des Vertrauens abgefunden. Es war für ihn wie eine Strafe gewesen, die er akzeptiert hatte.

Ihre Liebe zueinander war trotz der Probleme ungebrochen, daher waren sie stets fest entschlossen gewesen, zusammenzubleiben.

Als Jana ihn dann mit dem von ihr erdachten Plan überrascht hatte, hatte er sich ihr zuliebe zuversichtlich gegeben. An einen Erfolg hatte er nach all der Zeit nicht wirklich geglaubt.

Aber er hatte sich geirrt. Jana's Plan, ihr Spiel hatte tatsächlich den erhofften Erfolg gehabt.

Die Filipina stand nun direkt vor ihm.

„Träumst du?", fragte sie.

Johannes lächelte seine Frau an.

„Wenn, dann nur von dir.", erwiderte er und gab ihr einen Kuss auf die Wange.

Die beiden hatten noch knapp eine Dreiviertelstunde Fahrtzeit vor sich. Der Tanzclub, den sie an diesem Abend besuchen wollten, befand sich in demselben Teil der Stadt, in welchem auch das Tattoo-Studio war.

Diese Tatsache hatte Jana ein wenig betrübt gemacht, als sie sich für den Tanzclub entschieden hatten. Seit der Sitzung mit Jackie hatte sie die junge Frau nicht mehr gesehen.

Wie angekündigt war sie beim ersten Termin zu Nachbegutachtung der Tätowierung nicht anwesend gewesen. Beim zweiten Termin hatte ihr Kollege sogar angedeutet, dass die Künstlerin kürzlich über eine Kündigung nachgedacht hätte.

Ob es dazu gekommen war, wussten Jana und Johannes jedoch nicht.

Nach der zweiten Begutachtung hatte der Tätowierer grünes Licht gegeben. Der Heilungsprozess war gut verlaufen, so dass kein weiterer Termin mehr notwendig gewesen war.

Und nun waren sie nach fünf Wochen wieder in diesen Stadtteil unterwegs.

Das Tattoo-Studio war geschlossen. Vor den Fenstern und der Eingangstür waren die Schutzgitter herabgelassen, und abgesehen von der beleuchteten Dekoration war der Innenraum dunkel.

Als Johannes den Kombi an dem Studio vorbei lenkte, beobachtete er seine Frau aus dem Augenwinkel. Jana blickte wie erwartet zu dem Ort, an dem sie einen für sie sehr wichtigen Tag verbracht hatte. Dass sie ihre Tätowiererin bisher nicht wieder getroffen hatte machte der exotischen Frau sehr zu schaffen.

„Ist alles okay, Schatz?", fragte er. „Wir könnten auch woanders hin gehen, wenn du willst."

Ein leises Lachen von ihr folgte diesen Worten.

„Du kommst nicht drum herum, Jo." Jana blickte ihn frech grinsend an.

„Will ich doch gar nicht.", beteuerte er. „Ich

hab bloß gedacht ..."

Sie seufzte.

„Ja, ich mach mir Sorgen um Jackie. Aber da kannst du nichts machen."

Jana hatte damals bei den Nachbegutachtungen immer wieder nach Jackie gefragt. Aber mehr als dass sie nicht da sei, kam nicht als Antwort. Und als sie beim zweiten Termin von ihren Kündigungsabsichten erfahren hatten, war Jana innerlich kurz wie erstarrt gewesen.

Sogar als der blonde Kollege mit den Ohrringen ihr noch versicherte, dass er Jackie von ihr grüßen würde, hatte dies nicht wirklich geholfen.

Die Filipina verspürte eine Sehnsucht nach der anderen Frau, die sie nicht mehr nur mit Freundschaft erklären konnte. Es war ähnlich wie das Verlangen nach den Berührungen ihres Mannes. Ein Bedürfnis, welches sie jedoch nicht einfach so zu stillen imstande war.

„Na toll."

Johannes' unterdrückter Fluch holte Jana aus ihren Gedanken.

Seinem Blick folgend erkannte sie den Grund.

„Der Club hat zu?"

Im Vorbeifahren erkannten sie den Grund für die plötzliche Schließung des von ihnen ausgewählten Tanzclubs. Eine polizeiliche Sicherheitsabsperrung und eine immer größer werdende Wasserlache befanden sich vor dem Eingang.

Das Fehlen von Rauch ließ auf einen ordentlichen Wasserrohrbruch schließen.

Johannes steuerte den Wagen auf einen nahen Parkplatz, stoppte das Fahrzeug und sah seine Frau an. Diese hatte ihre Unterlippe eingesogen, kaute nachdenklich darauf herum.

„Und jetzt?", fragte er.

Nachdem die beiden das interne Navi aktiviert und nach Clubs in der Nähe gesucht hatten, waren sie tatsächlich fündig geworden. Wenn auch anders als sie geplant hatten.

Als Johannes den Kombi auf den Parkplatz neben dem nun erwählten Ziel für diesen Abend steuerte und den Motor ausstellte murmelte er etwas vor sich hin. Nur ein paar wenige Worte, aber Jana hatte ihn dennoch verstanden.

Ein helles Lachen erklang von ihr.

„Ist ja gut.", sagte Johannes entschuldigend. „Ich habe zugestimmt, also gehen wir singen."

Jana strahlte ihren Mann an, als sie sagte, dass dort immerhin gewiss keine philippinischen Titel zur Wahl stehen würden.

Gemeinsam, Hand in Hand, liefen die beiden dann über den Parkplatz, der Eingangstüre der Karaoke-Bar entgegen. Einige Leute standen vor den Fenstern, spähten in das Innere.

„Was gibt es denn da zu sehen?", fragte Jana neugierig, und trat näher.

Sie warf einen Blick durch die Fenster, welche mit mehreren Fotos geschmückt waren. Diese zeigten offensichtlich einige der häufiger in der Bar auftretenden Gäste.

„Aber ..."

Jana löste ihre Hand von Johannes und eilte in Richtung Eingang.

Johannes warf ebenfalls einen schnellen Blick

durch die Fenster, versuchte sich einen Überblick zu verschaffen, während er seiner Frau folgte.

Am Eingang holte er sie problemlos ein.

Einer der Angestellten der Bar händigte ihr soeben einen Button aus, ließ sie dann hinein.

„Ich gehöre zu ihr.", sagte Johannes und wollte Jana folgen.

„Moment noch!" Der Angestellte hielt ihn auf. „Zuerst noch die Regeln des Abends."

Er reichte Johannes einen Button mit einer Zahl darauf und erklärte, dass dies seine Nummer sei. Wenn diese im Laufe des Abends aufgerufen würde, hätte er eine Wahl zu treffen.

„Entweder sie treten auf, oder sie schmeißen eine Lokalrunde." Die Worte klangen endgültig. „Weigern heißt Rausschmiss!"

„Okay.", sagte Johannes und betrat die Bar.

Er ließ seinen Blick durch den verrauchten Schankraum schweifen, suchte seine Frau.

Was konnte sie hier drinnen nur gesehen haben?

„Jo!", rief Jana, die an der Theke stand und

ihm winkte.

Er ging auf sie zu. In Jana's Gesicht hatte sich irgendetwas verändert.

„Darf ich vorstellen?", sagte die Filipina freudig, als er bei ihr ankam. „Das ist Johannes, mein Mann." Mit einem Lächeln legte Jana der Frau, bei der sie stand die Hand auf die Schulter. „Und das ist Jackie."

Laut dröhnte die Musik durch die mannshohen Lautsprecher. Die Luft in der Karaoke-Bar schien zu vibrieren, während der aktuell Auserwählte seinen vom Zufallsgenerator gewählten Song ins Mikrophon schrie. Durch die Aufführung erinnerte das Lied nur sehr entfernt an Jon Bon Jovi's *You Give Love A Bad Name*.

Im Laufe des Abends hatten sich noch ein paar mehr Gäste eingefunden. Manche waren durchaus hier um zu singen, manche wollten einfach nur zuhören, und waren damit einverstanden Lokalrunden auszugeben.

Johannes hatte drei große Bierkrüge in den

Händen und versuchte nicht zu viel von dem Inhalt zu verschütten, während er durch den Schankraum lief. Er hatte vom Wirt ein Separee erhalten können, wo die beiden Frauen nun auf die Getränke warteten.

Da in diesem Etablissement auch das Rauchen gestattet war, hatte Jo sich für den Weg zur Theke entschieden, als Jana und Jackie sich erneut je eine Zigarette angezündet hatten. Es gefiel ihm zwar, dass Jana ihre Tätowiererin endlich wiedergefunden hatte, aber die beiden rauchten ein wenig viel.

„Meine Damen, ihre Getränke sind da." Jo stellte die drei Gläser auf den polierten Holztisch im Separee.

Jana strahlte ihn an.

„Welch höflicher Kellner.", säuselte Jackie. Sie war bereits einige Stunden in der Bar, und hatte daher schon ein paar Gläser intus. Allerdings hatte Johannes bereits festgestellt, dass die kurzhaarige Frau ihren angetrunkenen Zustand lediglich sehr gut vortäuschte.

„Was ist eigentlich dran, dass du aufhören willst, Jackie?", fragte Jo und trank seinen ersten Schluck Bier des Abends.

Jana blickte die Freundin wartend an. Über die Freude, Jackie wiederzusehen, hatte sie das ganz vergessen.

„Ja, ist das wahr?", fragte sie nun ebenfalls besorgt.

Jackie drehte ihren Bierkrug einmal um dreihundertsechzig Grad.

„Teilweise.", gab sie zu. „Ich will was neues ausprobieren. Weniger tätowieren."

„Warum?", fragte Johannes. „Das Phönix-Herz ist toll geworden. Eine echte Meisterleistung."

In seinen Worten schwang Bewunderung mit. Jana sah so schon unglaublich schön aus, aber diese Tätowierung war einer der Gründe gewesen, weshalb er an dem Abend vor zwei Monaten, als sie die Schutzfolie noch darüber gelegt hatte, vor ihr auf die Knie gesunken war.

Mit Tränen in den Augen hatte Jana seinen erneuten Antrag, diesmal nur untereinander, angenommen. Zwar waren sie ohnehin miteinander verheiratet, aber es hatte sie einfach so unglaublich berührt, dass Johannes sie ein weiteres Mal um ihre Hand zur Ehe gebeten hatte, dass sie einfach hatte ja sagen müssen.

Jackie zündete sich eine weitere Zigarette an.

„Eigentlich ist es keine Kündigung.", gestand sie. „Ich will nur einfach mal was anderes machen. Und vielleicht" Ihr Blick wanderte zwischen Jana und Johannes hin und her. „vielleicht werde ich ja auch mal glücklich."

Applaus brandete auf, als der Interpret von der Bühne ging. Jubelrufe und Pfiffe begleiteten den heranwachsenden Sänger mit der lauten Stimme.

„Als nächstes haben wir mal eine romantische Nummer.", verkündete der Ansager über Lautsprecher. „Auf die Bühne kommt bitte die Nummer drei-zwei-drei!"

„Das bist du, Jo.", grinste Jackie und zeigte auf seinen Button.

Jana drückte ihm einen Kuss auf.

„Sing für mich, Schatz!"

Murrend erhob er sich und verließ das Separee.

Unter Applaus und Jubel ging Johannes zur Bühne. Sekunden später erklangen die ersten Klänge von *Can You Feel The Love Tonight* über die Lautsprecher.

„Der Ärmste.", seufzte Jana und rutschte ein wenig herum, damit sie ihren Mann auf der Bühne beobachten konnte. „Da blieb ihm das Tanzen erspart, und dann muss er trotzdem auf die Bühne." In ihrer Stimme schwang ein amüsierter Unterton mit.

„Dann ist heute eigentlich euer Tanzabend?"

„Wasserschaden im Club. Ein paar Autominuten entfernt."

Jackie nickte und berichtete, dass während einer früheren Lokalrunde an diesem Abend das Heulen der Sirenen für Aufregung in der Bar gesorgt hatten.

Dann, während die beiden Johannes' Darbietung eines der romantischsten Lieder lauschten, wanderten Jackie's Augen über Jana's Körper. Sie betrachtete die Filipina mit unverhohlener Sehnsucht.

„Du siehst toll aus in dem Kleid, Jana." Jackie's Wangen erröteten, als sie diese Worte aussprach. Aber es störte sie nicht.

Jana erwiderte den Blick der anderen Frau.

Beiden war warm um das Herz geworden, als sie sich endlich wiedergefunden hatten. Sie fühlten, dass sie irgendetwas tun mussten, damit sie sich nicht wieder aus den Augen verlieren konnten. Etwas, was sie miteinander verbinden würde. Mehr als nur das bloße Austauschen der Kontaktdaten.

„Vielleicht sollten wir diesmal unsere Nummern austauschen, Jackie?", schlug Jana dennoch vor. „So können wir Kontakt halten."

Die andere Frau lächelte.

„Wir könnten auch noch etwas mehr austauschen, Jana.", sagte sie und rutschte etwas näher zu der Filipina.

Ihre Lippen näherten sich Jana's Ohr, bewegten sich flüsternd. Ihr warmer Atem strich über Jana's Wange, entlockte ihr ein leises Kichern.

Als sie Jackie's Worte vernommen hatte, den Vorschlag, den diese ihr machte, legte sich ein beschämtes Grinsen auf das Gesicht der Filipina.

„Meinst du wirklich?", fragte Jana, und erhielt ein freudiges Lächeln als Antwort.

Die Filipina drehte sich Jackie zu. Die Nasenspitzen der beiden Frauen waren nur wenige Milimeter voneinander entfernt.

Tief sahen sie sich in die Augen, teilten einen innigen Moment der Verbundenheit miteinander.

Als Johannes dann schließlich die Bühne verließ, und im Applaus und dem Jubel der Menge durch den Schankraum zum Separee zurückkehrte, hatten die beiden Frauen sich beraten, und ihre Entscheidung getroffen.

„Was ist denn hier los?", fragte Johannes, als er das Separee erreichte.

Jana und Jackie hatten sich gemeinsam auf eine Seite gesetzt, und grinsten ihn an.

„Wir drei werden jetzt gehen, Jo.", sagte Jackie

unvermittelt.

Johannes blickte die Frauen überrascht an, die ihn nur anlächelten. Offensichtlich hatten die beiden während seines Auftrittes einen Plan gemacht. Etwas, das sie wohl alle drei betraf.

Jana beantwortete seine unausgesprochene Frage mit einem frechen Zwinkern, und sagte: „Statt hier zu singen, hätten wir eigentlich eher Lust auf ein Würfelspiel."

Ende?

Danksagung

I ch möchte die letzten Seiten dieses Buches dafür nutzen, all denen zu danken, die mich bei der Schaffung dieses Werkes unterstützt haben, egal in welcher Weise.

Zuallererst danke ich den fleißigen Mitarbeitern der tredition GmbH, welche mir durch ihre Webseite quasi den Willen zum Vollenden dieser Geschichte gaben. Die angebotenen Dienstleistungen waren einfach zu verlockend, als dass ich wieder wie immer mitten im Schreiben aufhören hätte können.

Ein großes Dankeschön geht an Marina Brandt, die das wunderbare Cover und den Umschlag designt hat. Eine meisterhafte Arbeit.

Als nächstes geht mein Dank an meine Arbeitskollegen. Einige von ihnen mussten sich meine Ideen immer mal wieder anhören, manchmal auch gegen den eigenen Willen. Zwar kam meist ohnehin nicht viel Feedback, aber das darüber Reden hat mir oft geholfen einige der schwierigen Passagen im Text zu verfassen.

Ein ganz besonderer Dank geht an meine Partnerin Kathrina, die zwar nicht direkt bei mir ist, aber dafür einen ganz besonderen Platz in meinem Herzen belegt hat. Sie ist übrigens Filipina, was eventuell der ausschlaggebende Punkt für den Charakter Jana war.

Ein Dankeschön geht an meine Eltern, ohne die es mich und somit auch wahrscheinlich dieses Buch nicht gegeben hätte. Ihr seid immer da, wenn ich mal wen zum Reden brauche.

Zum Abschluss noch ein Dank an eine philippinische Sängerin, die mich mit ihren wunderbaren Liedern immer wieder inspirierte. Vielen Dank für die schöne Musik, Josephine!

Und ein ganz großes Dankeschön noch einmal an Sie, verehrte Leserin und verehrter Leser. Ich danke Ihnen, dass Sie mein Buch gelesen haben.

FSC
www.fsc.org
MIX
Papier | Fördert
gute Waldnutzung
FSC® C083411

Zeitfracht Medien GmbH
Ferdinand-Jühlke-Straße 7
99095 Erfurt, Deutschland
produktsicherheit@kolibri360.de